SOUMISSION CONSENTIE
POUR
DICTATURE TRANQUILLE

SOUMISSION CONSENTIE

POUR

DICTATURE TRANQUILLE

AUGUSTINE C.

© 2015 Augustine C.
Editeur : BoD - Books on Demand
12/14 rond-point des Champs Elysées, 75008 Paris
Impression : BoD - Books on Demand
Norderstedt, Allemagne

ISBN: 978-2-322-01990-8

Dépôt légal : juillet 2015

A mon fils qui, je l'espère, saura déjouer les pièges de l'univers que je décris ici et qui semble devenir chaque jour un peu plus réel.

* * *

La démocratie est la pire des dictatures, parce que c'est une dictature qui ne dit pas son nom, une dictature légitimée et baignée de bonnes intentions.

Or on peut faire beaucoup de mal au grand jour et en toute impunité sous couvert de bons sentiments.

* * *

1.

Yann ouvrit péniblement les yeux et regarda l'heure sur son réveil. La sonnerie de son rêve ne s'arrêtait pas et il se rendit compte qu'elle venait de son télénum. Le bruit l'avait tiré de son sommeil bien plus tôt que d'habitude. Qui que ce soit, ça devait être important pour qu'on le dérange à cette heure matinale. Il décida de décrocher et grommela, pour la forme, un juron à l'attention de son interlocuteur.

— Yann, ils ont emmené Rémi !

La voix était douce, mais le débit trahissait l'inquiétude. Yann reconnut immédiatement Lilou, sans comprendre le sens de ce qu'elle disait. Il fit un effort mental pour se sortir de sa torpeur et, comme il restait silencieux, elle répéta d'une voix paniquée :

— Ils ont emmené Rémi…

Il s'excusa machinalement pour le juron et lui demanda de parler plus lentement pour lui donner une chance de comprendre. A peine plus perceptibles que le léger bourdonnement de la ligne, il entendit plusieurs respirations puis, aussi calme qu'elle le pouvait, Lilou qui reprit :

— Rémi vient d'être emmené par la police, ils ne m'ont pas donné plus d'explications. Je n'y comprends rien… qu'est-ce que je dois faire ?

Il avait du mal à y croire. Rémi était un citoyen modèle, qu'avait-il bien pu faire pour être arrêté ? Ça n'avait aucun sens, c'était sûrement une erreur. Il fit part de son impression à Lilou et lui conseilla de ne pas s'inquiéter : les flics ne font qu'obéir aux ordres, qu'ils ne donnent pas d'information sur-le-champ n'était pas anormal. Une fois au poste Rémi aurait l'occasion de s'expliquer, une enquête serait faite et il serait relâché dans la journée. Oui, c'était forcément une erreur. Il se voulait rassurant et sentit que Lilou commençait à se détendre un peu. Après quelques paroles enrobantes supplémentaires, il conclut la conversation :

— Je passerai vous voir dans quelques jours et on en rira ensemble, tu verras.

Avachi sur son canapé, il regardait vaguement le téléposte en grignotant quelques céréales. Depuis son télénum, il partagea distraitement la vidéo virale du moment sur les réseaux sociaux (un chaton tout mignon) et fit suivre une lettre-chaîne contre le racisme ; maintenant qu'il était réveillé il fallait bien tuer le temps, alors autant en profiter pour soutenir une bonne cause. Il en voulait à Lilou de l'avoir appelé si tôt pour si peu. Pourquoi avait elle paniqué ?

Etre arrêté n'était vraiment pas une catastrophe, même si le fait que ça arrive à Rémi était plutôt étonnant. Il songea avec une pointe d'amusement que lui-même était encore, il n'y a pas si longtemps, un habitué des arrestations, avec une bonne quinzaine à son actif. Ces gardes à vue n'étaient qu'une simple formalité : un contrôle d'identité suivi d'un petit interrogatoire. Le fautif était relâché dans la journée avec une amende et une ordonnance pour un stage de re-programmation en vue de corriger tel ou tel aspect de sa personnalité. L'arrestation était une sorte de seconde chance, une occasion de s'améliorer, pour être encore plus en phase avec la société... seconde chance que l'Autorité, dans sa grande mansuétude, accordait à tour de bras et finançait généreusement.

Il fouilla dans sa mémoire. Lui, avait presque tout fait : du stage de valorisation des minorités à la formation pour la considération des femmes, en passant par l'information sur le respect envers les personnes à mobilité réduite et l'éducation à la tolérance envers les religions. Tous ces stages avaient été la conséquence de mots blessants qu'il avait dits, ici ou là, sans y penser. Il se souvint d'une phrase qu'il avait lâchée par agacement devant une caissière de supermarché un jour où il avait attendu particulièrement longtemps : « Eh bien, c'est pas trop tôt ! » Il n'avait pas vu qu'il lui manquait un doigt à la main gauche et, dès le lendemain matin, il avait été arrêté et s'était vu prescrire un stage de sensibilisation au handicap moteur : la caissière s'était plainte. *Et à raison,* pensa-t-il avec le recul. *Comment ai-je pu être aussi insensible ? Heureusement que ces stages de rééducation existent pour éviter d'autres égarements aux gens tels que moi.* Que Rémi soit arrêté le soulageait, en un sens ; l'amusait, même. C'était la preuve qu'il n'était pas parfait et Yann, en bon copain, allait pouvoir le lui rappeler !

Il avait déjà oublié l'appel de Lilou quand arriva l'heure de partir au travail. Ses pensées étaient accaparées par le téléposte, son télénum et ses projets pour le weekend : à la fin de la journée il allait passer deux jours chez sa sœur.

Parcourir la centaine de kilomètres qui le séparaient de chez elle lui prenait invariablement près de trois heures. Le trajet était parsemé de nombreux ralentisseurs, chicanes, ronds-points et feux rouges ; la vitesse autorisée était limitée à soixante-dix kilomètres à l'heure sur voie rapide et, peut-être à cause de sa mise négligée, il lui arrivait souvent d'être arrêté aux barrages de police pour y subir des tests d'alcoolémie et autres substances. Des contrôles qu'il acceptait de bonne grâce, persuadé que toutes ces mesures sauvaient des vies, et certain qu'il n'avait rien à se reprocher. Et puis, comme le disait la sagesse populaire, « il faut bien que chacun fasse son travail ». Les cours sur les drogues et leurs effets, dispensés au collège, l'avaient profondément marqué et il avait encore, même après avoir atteint la trentaine, une défiance envers les substances psychoactives. Lui qui les évitait comme la peste se retrouvait contrôlé en moyenne trois fois par semaine, un comble source de nombreuses plaisanteries entre lui et ses proches.

Juliette, sa grande sœur, était un modèle de réussite sociale. Elle et son mari formaient un couple heureux et bien vu de tous, il travaillait au ministère du redressement de l'économie plafonnée et elle était directrice de marketing dans une mairie. Le grand plaisir de Yann, à chacune de ses visites, était de voir sa nièce et son neveu, il était à chaque fois impressionné par les progrès de Léna, qui avait fait son entrée au collège, et de Timéo, qui entamait sa dernière année d'école primaire. En les regardant évoluer, il ne pouvait s'empêcher de ressentir une fierté mêlée de tendresse.

Après l'école, les deux enfants fréquentaient les Jeunesses Citoyennes, un mouvement facultatif mais fortement recommandé qui les initiait depuis leur plus jeune âge à tous les aspects de la vie en collectivité. Deux heures par jour, ils y apprenaient le vivre ensemble, complétant ainsi les enseignements de l'école publique. Juliette ne tarissait pas d'éloges sur les Jeunesses : en plus d'assurer des heures de garderie gratuites, lui laissant le temps de se consacrer entièrement à son emploi, elles faisaient de ses enfants des modèles du mieux-vivre dans le monde de demain. Et les résultats étaient là : durant son séjour, Yann constata que Léna et Timéo avaient incité leurs parents à adopter le tri sélectif optimisé – cinq poubelles distinctes au lieu des trois obligatoires – et qu'ils avaient mis en place au sein du foyer une « cagnotte des gentils » dont ils se partageaient les bénéfices chaque semaine. « Selui qui diskrimine doit versé 10 mondos à la kagnote », indiquait d'une écriture approximative la règle de vie affichée sur le frigo. Yann y laissa trente mondos sans regrets, fier de constater que sa nièce et son neveu s'investissaient pleinement pour réparer les dégâts environnementaux légués par les générations précédentes et rendre le monde globalement meilleur.

C'est reposé et insouciant qu'il rentra chez lui à la fin du weekend. Il reprit sa routine habituelle et, comme tous les lundis, appela Rémi pour organiser leur sortie hebdomadaire, sans succès. Il lui laissa des messages mais son ami ne rappela pas, ce qui n'était pas vraiment dans ses habitudes même si cela lui arrivait d'être pris par le travail et de perdre la notion du temps. Yann commença à vraiment s'inquiéter lorsqu'en début de soirée, lors d'une énième tentative pour le joindre, un message automatique lui annonça que la ligne de son meilleur ami avait été fermée.

A cette annonce, son sang se glaça et, sans réfléchir, il sauta dans sa voiture. Vingt minutes, six feux rouges, dix ralentisseurs, deux chicanes, un contrôle d'alcoolémie et trois ronds-points plus tard, il sonnait à la porte de l'appartement de Rémi. C'est

Lilou qui lui ouvrit, l'air hagard, tenant son fils de deux ans dans les bras. Après lui avoir machinalement servi une tasse de café, elle raconta à Yann ce qui s'était passé depuis son appel paniqué trois jours plus tôt.

— Les policiers sont venus arrêter Rémi très tôt vendredi matin. Ils ne l'ont toujours pas relâché, expliqua-t-elle, l'air abattu.

— Est-ce que tu sais pourquoi ? Il a fumé une cigarette dans un bar ? Il a encore voulu tailler sa haie un dimanche ? s'enquit Yann, cherchant parmi les plus petits délits que Rémi aurait pu commettre.

— Non ! Rémi est un homme bien, c'est un bon mari et un père attentionné, s'écria-t-elle. Bien sûr il lui est arrivé, comme tout le monde, d'être détenu quelques heures pour des délits d'offense envers des minorités, quand il était jeune, mais il a fait ses heures de rééducation, et il n'a jamais récidivé !

L'idée que Rémi puisse faire quelque chose de mal était insoutenable pour Lilou. Elle continua, cette fois bien alerte : défendre la probité de son époux lui donnait une contenance.

— J'ai beau chercher, je ne vois aucune raison pour qu'on l'arrête et surtout qu'on le détienne aussi longtemps, et ce qui m'inquiète vraiment c'est que la police ne m'a donné aucune explication.

— Il y a forcément une raison. La police indique toujours pourquoi quelqu'un est arrêté dans les deux heures qui suivent l'arrestation et la peine est invariablement prononcée dans la foulée, dit Yann, habitué de cette procédure.

— Oui, mais là, rien ! J'ai passé toute la journée de vendredi à essayer d'obtenir des réponses au guichet de la police et je me suis heurtée à un mur. Tout ce qu'on savait me dire c'est : « Il est en détention, vous en saurez plus quand tous les chefs d'accusation auront été déterminés. Rentrez chez vous, on vous tiendra au courant. »

Le ton sur lequel elle avait dit ça trahissait son agacement autant que son impuissance. Elle raconta à Yann que, contrairement à ce que lui incitait de faire le préposé au guichet, elle n'était pas rentrée chez elle et qu'il avait fini par lâcher, sans doute par lassitude et pour avoir enfin la paix, que le comportement reproché à Rémi tombait sous le coup de l'article AT-467093.06-13 de la loi. Cette information l'avait tellement prise au dépourvu qu'elle était rentrée chez elle sans oser poser plus de questions, tout juste avait elle eu la présence d'esprit de griffonner à la hâte le numéro lâché par le préposé sur un morceau de ticket de caisse qui trainaît au fond de sa poche.

— Mais ça ne m'avance pas ! Pourquoi personne ne m'explique ce qui se passe ? gémit-elle en s'affaissant sur son siège.

Elle avait posé le ticket sur la table, Yann recopia le numéro sur le calepin virtuel de son télénum et lui promit de faire quelques recherches en rentrant chez lui.

— Tu as contacté le conseiller judiciaire de la région ? Il peut sûrement t'aider, conseilla-t-il, décontenancé par le désespoir de Lilou.

— Oui, mais je désespère : pas de disponibilité avant huit mois ! Je n'imaginais pas que le délai d'attente était aussi long… c'est pire que prendre rendez-vous chez le dentiste !

Yann la rassura : on aurait relâché Rémi depuis longtemps d'ici là, sans aucun doute. Cependant, la fermeture de la ligne de Rémi le tracassait et il jugea qu'il fallait qu'il en parle à Lilou, au risque de l'alarmer un peu plus.

— J'ai tenté de joindre Rémi toute la journée. Sans résultat. Bien sûr je n'imaginais pas qu'il était encore détenu…

Cela ne surprit pas Lilou, la police confisquait les télénums à chaque arrestation. C'était la procédure habituelle, tout le monde le savait parce que tout le monde avait été arrêté à un moment ou à un autre. Mais elle ne s'attendait pas à ce que Yann lui dit ensuite.

— La dernière fois que j'ai essayé d'appeler, un

message indiquait que sa ligne avait été fermée. Est-ce qu'il a fait une demande pour la résilier récemment ?

— Non...

Cette nouvelle acheva d'inquiéter Lilou : Rémi, comme tout le monde, n'était rien sans son télénum ; sa ligne était ouverte depuis qu'il était en âge d'être connecté. Il ne l'aurait jamais volontairement coupée, en tout cas pas sans en ouvrir une nouvelle, et s'il l'avait fait elle l'aurait su. La seule explication était que l'Autorité s'en était chargée.

Agitée, Lilou se leva et se mit à fouiller le petit bureau dans le coin du salon.

— Il n'est pas très expansif sur ce qu'il fait de son temps libre, dit-elle en parcourant les papiers qui s'y trouvaient ; tout ce que je sais c'est qu'il passe beaucoup de temps à travailler à ce bureau. Je ne lui ai jamais posé la question, je considère que c'est son jardin secret et qu'il m'en parlera s'il en ressent le besoin. Mais maintenant je n'ai pas le choix, je dois me résoudre à violer son intimité pour comprendre ce qui se passe. S'il y a une réponse elle est forcément là.

Yann regarda l'enfant qui, assis sur un tapis molletonné, jouait vaguement avec ses peluches, l'attention happée par les recommandations d'usage accolées aux publicités entrecoupant les programmes du téléposte. Entre dix-neuf et vingt-trois heures il était impossible de l'éteindre, tout juste pouvait-on baisser le son à son minimum, ce qu'avait fait Lilou. Le contraste entre l'enfant insouciant et la frénésie de Lilou qui, en larmes, passait en revue le contenu du bureau de Rémi frappa Yann, qui resta figé sur le canapé, incapable de faire le moindre mouvement.

C'est Eloïc qui mit fin à cette scène surréaliste. Etait-ce à cause de la publicité pour des biscuits au chocolat, ou simplement parce qu'il était déjà bien tard ? Le petit se mit à pleurnicher.

— T'as faim… t'as faim.

Lilou s'essuya les yeux à la hâte et alla s'occuper de lui, presque comme si de rien n'était ; une attitude qui força l'admiration de Yann et le sortit de sa torpeur.

— Je prends le relais, dit-il à Lilou. Prends le temps qu'il te faut pour t'occuper du petit, je vais voir ce que je peux trouver.

Il tenta d'allumer le terminal fixe qui trônait sur le petit bureau, sans succès. Seul un message, laconique, s'affichait : « Compte supprimé ». Avec ces deux mots, Yann voyait s'envoler sa seule chance d'avoir accès aux données informatiques de Rémi. Les serveurs mis gracieusement à disposition de tous par l'Autorité, dans un soucis affiché de service public, étaient le seul mode de stockage abordable, et ils n'étaient accessibles que via la ligne de télénum de l'usager : une ligne fermée signifiait la perte de toutes les données associées pour l'utilisateur, une vie de souvenirs effacés à jamais. Lilou était visiblement arrivée à cette conclusion avant lui puisqu'elle n'avait même pas tenté de l'allumer. Yann se retrouva à reprendre les recherches là où elle les avait laissées et fouilla le bureau sans grande conviction, ne sachant pas que faire d'autre pour se rendre utile.

Il cherchait depuis un moment quand il trouva, caché au fond d'un tiroir, un petit carnet dont chaque page était noircie recto-verso par l'écriture serrée de son ami. A la lecture du premier paragraphe, il sentit monter en lui un certain malaise, il eut l'impression de manquer d'air et referma le carnet à la hâte, comme si ce dernier en était la cause.

De l'autre côté du mur, Lilou chantait une berceuse à son fils ; elle allait bientôt revenir. Yann glissa le carnet dans la poche de son pantalon.

J'ai l'impression d'avoir un boulet attaché au pied. Il devient de plus en plus lourd au fur et à mesure que je prends conscience de son existence, et je n'arrive pas à m'en débarrasser.

Pourquoi ne suis-je pas heureux ? Pourquoi ce grand vide et en même temps ce sentiment de rage ?

Carnet de Rémi

2.

Rémi était assis dans une petite pièce sans fenêtre que seules meublaient une table et deux chaises ; une lumière froide et intense émanait d'un néon au plafond. Il n'arrivait pas à évaluer depuis quand il était là, le seul objet technologique en vue était une petite caméra discrètement placée dans un coin du plafond.

La porte s'ouvrit brusquement. Un homme en costume gris entra, s'assit en face de lui, et déclama :

— Rémi Cardon, trente-cinq ans. Marié à Lilou Gaillou, un fils de deux ans nommé Eloïc. Est-ce exact ?

Pour la première fois depuis qu'il avait passé la porte il posa les yeux sur Rémi.

— Répondez !

— Oui, c'est bien ça.

— Vous habitez Abscon-sur-Turche, et vous êtes employé d'une société de comptabilité dans la même ville.

— Oui. Pourquoi on m'a amené ici ?

— A votre avis ?

Un rictus au coin de ses lèvres esquissait un sourire narquois qui mit Rémi encore plus mal à l'aise qu'il ne l'était déjà.

— On ne m'a rien dit. C'est pour la cigarette de l'autre jour au parc ? Je sais que je n'aurais pas dû la fumer à coté des jeux pour enfants, mais j'avais eu une longue journée, j'étais stressé… et puis le parc était désert. Vous savez, clôturer les comptes de l'entreprise demande un travail colossal et beaucoup d'attention. Il faut calculer chaque charge, chaque taxe et chaque impôt sans se tromper d'organisme d'attribution, déclarer chaque entrée et sortie d'argent au ministère de l'économie plafonnée et chaque émission de carbone au secrétariat à l'énergie écologique...

L'homme le coupa d'un geste de la main.

— Si c'était juste pour la cigarette, nous ne vous aurions pas amené ici. Il y a la cigarette dans le parc, bien sûr, mais ce n'est pas le seul problème, fit-il d'une voix sèche. Vous filez un mauvais coton, monsieur Cardon.

Rémi le regarda, incrédule. L'homme prit une inspiration, regarda le télénum qu'il tenait à la main et lut :

— Le dix-huit octobre vous avez taillé votre haie un dimanche, ce qui est passible d'une amende de cent mondos et d'un stage de sensibilisation aux nuisances sonores.

L'homme le regarda d'un air désapprobateur, puis replongea dans son télénum et continua.

— Le six novembre vous êtes allé au restaurant et vous y avez commandé trois verres de vin, soit deux fois la dose d'alcool recommandée, une folie sanitaire qui met en danger les finances de santé publique et qui est passible d'une pénalité annuelle de cinq cent mondos sur votre assurance sanitaire publique !

Il appuya ses propos d'un froncement de sourcils et secoua la tête de gauche à droite.

— Le vingt-cinq du même mois vous avez fait une remarque blessante à un membre de la communauté PPTML, les Personnes de Petite Taille à Mobilité Limitée, qui a ensuite déposé une plainte auprès de l'Agence pour la Tolérance...

— Eloïc venait de le bousculer ! Je me suis excusé pour lui en lui expliquant que mon fils était un petit qui courrait vite sans regarder où il allait, le coupa Rémi. Je n'ai jamais voulu stigmatiser ce monsieur !

— Et pourtant, c'est ce que vous avez fait, dit

l'homme sur un ton de reproches en le fixant. La plainte est en train d'être instruite, vous risquez deux jours de stage de rééducation et une amende, sans parler, bien sûr, des dommages et intérêts que réclame la victime.

Il baissa à nouveau les yeux vers le télénum et continua :

— En décembre, vous avez commencé à fréquenter régulièrement *Libris*, un site hébergé à l'étranger qui figure sur la liste noire de l'Autorité, et depuis quelques semaines vous y postez des commentaires !

L'homme semblait indigné, Rémi se mura dans le silence.

— Pendant le réveillon du nouvel an vous avez encore une fois dépassé la dose recommandée d'alcool et même si vous n'avez pas fait l'erreur de prendre le volant pour rentrer chez vous, marcher alcoolisé dans la rue est un manque de respect manifeste envers vos concitoyens… certains d'entre eux ont rapporté sur les réseaux sociaux que votre démarche était vacillante cette nuit-là. Fin février, vous avez fumé dans un parc alors que des enfants auraient pu s'y trouver, comme vous l'évoquiez tout à l'heure, ce qui vous expose à une amende de deux cent mondos et un stage de désintoxication. Pour finir, dimanche dernier, vous avez franchi un cap en publiant un texte sur Libris sous le pseudonyme de

Miro Cerdan.

Rémi ne savait pas par où commencer pour se défendre. Il craignit que son silence ne passe pour des aveux mais l'homme n'attendait pas de réponse, il s'était arrêté pour reprendre son souffle avant de continuer, avec une grimace qui trahissait une certaine satisfaction :

— Tout ceci constitue ce qu'on appelle dans notre jargon un dossier bien fourni. Nous vous avons amené ici parce que nous pensons que, dans votre cas, les stages et amendes ne feront pas l'affaire. Votre publication sur Libris a précipité les choses, mais nous vous surveillions depuis un moment déjà et ce n'était qu'une question de temps avant qu'on vous arrête.

Rémi était sans voix. Ils savaient tout. Il ignorait comment mais ils savaient tout. Il pensait avoir été discret ; le taille-haie était silencieux, le parc où il avait fumé était quasi désert, tout comme la rue que Lilou et lui avaient empruntée pour rentrer, le soir du réveillon. Comment pouvaient-ils tout savoir ? La sueur commençait à perler sur son front ; il aurait voulu se liquéfier sur place et couler sous la porte mais il était collé à son siège, paralysé. L'homme en gris poursuivit :

— D'autres choses nous préoccupent, qui viennent aggraver tous les faits que je viens de lister : c'est ce que vous ne faites pas.

Il le regarda fixement et, s'aidant de ses doigts, énuméra les manquements de Rémi d'une voix de plus en plus indignée.

— Vous n'avez pas inscrit votre fils aux Jeunesses Citoyennes quand il a été en âge d'y aller il y a six mois, dit-il en saisissant son index gauche pour le pousser loin vers l'arrière. Vous ne faites de dons à aucune association promouvant le vivre ensemble ou le respect envers la différence, continua-t-il en tordant son majeur. Vous n'avez pas d'amis appartenant à une ethnie différente de la vôtre, se tapota-t-il l'annulaire. Vous lisez des auteurs controversés et vous n'allez jamais au cinéma culturel, termina-t-il en se retournant presque complètement l'auriculaire. Ces non-actions ne sont pas criminelles, bien sûr, mais leur accumulation couplée à vos délits récents sont une indication que vous vous êtes radicalisé, conclut-il en serrant les quatre doigts qu'il venait de malmener dans son poing droit.

Rémi était tellement estomaqué qu'il avait suivi le manège digital de l'homme sans même écouter ses propos. Il réalisait qu'ils ne savaient pas pour le carnet. Ce qu'il avait fait via son télénum ne leur était pas inconnu, Rémi ne s'y connaissait pas beaucoup en informatique mais il était probable que l'Autorité avait accès au contenu même des sauvegardes décentralisées ainsi qu'à toutes les informations qui transitaient sur le réseau. Impensable, inconcevable pour la population, mais plausible. Il loua sa manie archaïque de toujours griffonner sur du papier. Personne n'était au courant pour le carnet, même pas Lilou, et c'était aussi bien comme ça.

Mais, au fond, qu'est-ce que ça changeait ? Il avait couché ses pensées les plus intimes sur son carnet, certain qu'elles resteraient secrètes, une manière de libérer sa tête de ses pensées sans s'exposer ; et aujourd'hui, carnet ou pas, il était en garde à vue, depuis plusieurs jours autant qu'il pouvait en juger par sa barbe naissante. La manière dont l'autorité le traitait n'avait rien à voir avec la procédure accélérée habituelle – Arrestation, Verbalisation, Rééducation – c'était plus sérieux. *Et pourtant*, pensa-t-il, *je croyais que la seule chose qui aurait pu vraiment me valoir de sérieux ennuis était ce carnet dont ils ignorent l'existence.*

Une autre question le taraudait : comment savaient-ils pour le taille-haie, la cigarette et l'alcool ? Malgré son embarras, il se risqua à poser la question.

— Les gens ont tendance à se sous-estimer, lui répondit l'homme avec une lueur de malice dans le regard. A tort. Ils sont souvent plus efficaces que les détecteurs de fumée de cigarette et la police réunis.

— Je ne vous suis pas, hasarda Rémi.

— Les gens racontent beaucoup de choses sur les

réseaux sociaux, parfois ils y publient même des photos ou des vidéos. Beaucoup de blabla, bien sûr, mais assez souvent des informations utiles pour l'Autorité. Vos voisins et amis y sont… très actifs.

— Mais, il y a des options de confidentialité, seuls les membres de leur cercle peuvent les lire, fit Rémi, perplexe.

Un sourire malsain déforma le visage de l'homme en gris, et Rémi comprit à cet instant que rien n'échappait à l'Autorité. Les informations étaient là, sur le réseau, il suffisait de les lire. Peu importait comment, l'Autorité y avait accès sans restriction, et le pire était que tous les renseignements étaient donnés volontairement par la population.

Sur un ton informel autant qu'amusé, l'homme continua :

— En plus d'y raconter ce que font leurs famille, voisins ou amis, ils donnent volontairement sur le réseau les informations qui les concernent : les faits et leurs émotions associées, leurs sentiments et ressentiments. Certains sont moins expansifs ; d'autres, comme vous, ont recours à un pseudonyme ; mais tous s'épanchent à leur façon et viennent grossir nos bases de données. Imaginez un peu la portée de ceci : nous sommes plus informés que les gens eux-mêmes de leurs propres petits secrets de famille.

L'homme paraissait satisfait d'avoir fait ces quelques révélations à Rémi, prenant un plaisir palpable à lui montrer qu'il en savait plus que lui. Il aimait visiblement son travail et le pouvoir que ça lui procurait.

Sur un ton plus grave, il reprit :

— Vos agissement tombent sous le coup de l'article AT quatre cent soixante-sept mille quatre-vingt-treize point zéro six tiret treize de la loi.

— L'article AT quatre cent soixante-sept mille... ? Qu'est-ce qu'il dit ?

— Allons, vous le savez très bien, nul n'est censé ignorer la loi.

— Je vous assure que je ne connais pas cet article, plaida Rémi.

— Ce n'est pas une excuse, le coupa l'homme. Vous avez le devoir de connaitre la loi !

Rémi baissa les yeux. Il avait raison, l'article 1 de la loi indiquait que nul n'était censé ignorer la loi. Celui-là, tout le monde le connaissait, c'était imparable, il était inutile d'ergoter.

— Les délits qui nous ont été rapportés sont apparus brusquement, sans signe avant-coureur ; pour être sûrs qu'ils ne sont pas dus à une maladie nous allons procéder à une enquête approfondie, reprit l'homme sur un ton neutre. Depuis que le GMCIC, le Groupement des Malades du Cerveau Injustement Condamnés, a mené une campagne médiatique, ces précautions ont été incluses dans la procédure de prise en charge des terroristes.

— Des… terroristes ?

— Oui, selon l'article AT quatre cent soixante-sept mille quatre-vingt-treize point zéro six tiret treize, votre comportement relève du terrorisme.

— Parce que j'ai taillé ma haie un dimanche ? demanda Rémi en écarquillant les yeux.

L'homme bondit de son siège et leva les bras en l'air en hurlant.

— Parce que vous manquez totalement d'empathie envers votre prochain ! Le taille-haie, la cigarette, l'alcool, le refus des Jeunesses Citoyennes pour votre enfant ! Tous ces comportements sont une menace pour le vivre ensemble et la cohésion sociale ! Rendez-vous compte : vous n'avez jamais fait de don à une association reconnue d'utilité publique… mais qu'est-ce qui ne va pas chez vous, espèce d'égoïste ? Vous pensez à tout le mal que vous faites ? Et votre article sur Libris ! Ah, cet article ! Un brûlot nauséabond ! A vomir ! Sur un site qui prône la discrimination et la haine ! Un site interdit, qui rappelle les heures les plus sombres !

Rémi était bouche bée. L'homme en gris prit un moment pour rajuster sa chemise qui, dans la colère, était sortie de son pantalon, et reprit d'une voix plus calme :

— Dès demain vous serez conduit à l'hôpital régional où nous prélèverons un échantillon de votre sang. Vous passerez aussi un scanner. Selon notre médecin conseil, vos agissements de l'année écoulée font penser à une dégénérescence précoce des neurones ou à une tumeur du cortex pré-frontal ; votre manque d'empathie soudain envers votre prochain pourrait n'être que la manifestation d'une pathologie. D'ailleurs, s'il s'avère que vous êtes malade, veuillez excuser mon emportement.

— Et si je refuse les examens médicaux ? risqua Rémi.

— Vous n'avez pas le choix, c'est la procédure. Vous subirez ces examens même si pour ça il faut vous anesthésier. Je vous déconseille de résister.

Rémi ne dit plus rien. Il n'était pas en position de contester et il avait trop d'information à digérer. Il se demanda ce qui se passerait s'ils ne lui trouvaient aucune trace de maladie, mais n'osa pas poser la question.

Le choix, nous ne l'avons pas. Dans une telle situation, nombre de peuples se sont révoltés par le passé, mais pas nous. Nous nous tenons tranquilles parce que nous avons l'illusion du choix, et de la maîtrise de notre vie.

Et nous pensons maîtriser notre vie parce que nous croyons que défendre nos droits se limite à relayer, entre deux selfies, un message pré-formaté sur les réseaux sociaux.

Carnet de Rémi

3.

Depuis l'arrestation de son mari, Lilou tentait d'en savoir plus auprès de l'Autorité. Comme tous les jours, seul un guichet sur les cinq que comptaient les bureaux de la police était en service, et la file d'attente débordait dans la rue. Les heures d'attente et l'absence de réponses claires à ses questions l'épuisaient mais elle ne savait pas quoi faire d'autre.

Elle n'avait que deux questions en tête, qu'elle posait inlassablement :

— Pourquoi mon mari est-il détenu ? Quand va-t-il rentrer à la maison ?

— De qui parlez-vous ?

La guichetière était la même que les jours précédents, une femme un peu enrobée d'une quarantaine d'années à la voix monocorde et inexpressive. Elle mordit dans une barre de céréales allégée en écoutant vaguement Lilou.

— De Rémi Cardon, mon époux. Je viens ici tous les jours depuis une semaine, nous nous sommes parlées hier, et encore les jours précédents, précisa

Lilou, à bout de patience, tentant de faire appel à la mémoire de la femme plus occupée à mâcher qu'à écouter.

— Je ne vois pas, fit la guichetière sans lever les yeux de son écran de télénum. Donnez-moi sa date et son lieu de naissance, ainsi que le nom de jeune fille de sa mère.

Lilou bouillait devant tant d'inertie mais elle savait que s'énerver ne servait à rien, elle serait juste reconduite à la sortie avec une amende, il faudrait qu'elle refasse deux heures de queue *et peut être plus* se dit-elle en évaluant rapidement la file interminable des gens qui attendaient derrière elle. Elle donna les renseignements demandés aussi calmement qu'elle le put et la femme se mit à appuyer sur les touches du clavier de son télénum fixe avec une lenteur consternante, en s'interrompant par moments pour en écarter une miette du bout de l'index.

— Car-don, Car-don... hmmm... ah, voilà ! Cardon, Rémi. Incarcéré depuis le vingt-quatre mars dernier. Le jugement est toujours en attente, dit-elle d'un air satisfait en reprenant une bouchée de céréales. Personne suiv...

— Ça fait dix jours ! Comment se fait-il que ça soit si long ?, coupa Lilou.

La guichetière soupira bruyamment, son

agacement était palpable et elle était visiblement pressée d'en finir.

— Le télénum ne le dit pas. Comme vous êtes sa femme, vous serez automatiquement informée du déroulement de la procédure par courriernum.

— Ah bon ? Mais pourquoi ne pas me l'avoir dit plus tôt ? Je viens ici tous les jours depuis une semaine, se plaignit Lilou, découragée.

C'était une attaque directe envers les compétences professionnelles de la guichetière, qui la fusilla du regard ; Lilou sentit qu'elle était à deux doigts de l'outrage à agent et enchaîna rapidement d'une voix qu'elle espérait enjouée :

— Je veux dire, c'est une bonne nouvelle ! Merci de m'en faire part. Quand vais-je le recevoir ?

— Nos services sont dé-bor-dés, ma p'tite dame, nous faisons de notre mieux... vous verrez bien quand vous l'aurez, glapit la femme avant de conclure, encore plus sèchement : allez, bonne journée !

Lilou posa son regard sur les trois employées qui bavardaient et plaisantaient joyeusement en buvant un café quelques mètres derrière la préposée au guichet. Cette dernière appuya sur un interrupteur et le petit bruit bref et grinçant qui retentit fit sursauter Lilou ; la lumière en haut du guichet vira au vert, signe qu'il fallait qu'elle laisse la place à la personne suivante. Au bord des larmes, elle s'éloigna tandis que les rires des employées résonnaient dans la grande salle.

Une fois dans la rue, elle marcha jusqu'à une petite ruelle. Ses jambes ne la portaient plus, elle s'adossa au mur et se laissa lentement glisser sur le sol en sanglotant comme une enfant perdue. Qu'allait-elle faire maintenant ? Qu'allait-elle dire à Eloïc qui réclamait son papa tous les soirs ? Elle se sentait seule. Elle était seule.

Aucune des associations qu'elle était allée voir, dans l'espoir d'avoir un soutien, n'avait accepté de l'aider. L'AVEJ, l'Association des Victimes d'Erreurs Judiciaires, lui avait dit de revenir quand le jugement de Rémi aurait été prononcé ; il était trop tôt et ils ne s'occupaient que des victimes avérées. Le Collectif SOS Fraternité estimait que si l'Autorité avait arrêté son époux, il devait y avoir une raison, et refusait de le défendre sans être sûr que Rémi ne s'était pas rendu coupable d'outrage à une minorité, ce qui lui aurait valu de « perdre les subventions accordées par l'Autorité, sans lesquelles nous ne pouvons aider personne », selon son président.

La situation de Rémi n'intéressait pas non plus du côté des médias qui ne trouvaient pas l'histoire assez émouvante. Ils avaient engagé Lilou à ne les recontacter que si elle avait des « images choc » à leur offrir.

Elle resta accroupie contre le mur un long moment, attendant que les sanglots cessent. Les passants la regardaient, incrédules, mais personne ne s'arrêta pour l'aider. *Tant mieux*, se dit-elle, *comment pourrais-je leur expliquer ce qui m'arrive alors que je ne le comprends pas moi-même ?* Cet aveu d'impuissance lui fit monter les larmes aux yeux à nouveau et il fallut encore un moment pour qu'elle se calmât complètement. Elle ne voulait pas que son fils la vît dans cet état quand elle irait le chercher, il ne fallait pas qu'il fût marqué à vie par une faiblesse de sa part. Elle finit par se relever et fit mentalement le point de la situation.

Il fallait attendre le courriernum pour en savoir plus. Inutile de faire la queue dans les locaux surchauffés de la police : elle savait maintenant que ça ne servait à rien, elle se demandait même si ça ne desservait pas Rémi qu'elle s'acharne autant à obtenir des réponses ; elle avait sans doute déjà trop dérangé les agents de l'Autorité, et du coup contribué à la lenteur de la procédure. Il fallait qu'elle se concentre sur son fils, c'est ce qui comptait le plus. Après tout, Rémi était pris en charge, il avait le gîte et le couvert et ce n'était qu'une question de temps avant qu'il soit relâché. Ce n'était pas un criminel, et s'il était toujours détenu, c'était simplement que les délais de traitement administratif étaient plus longs que d'habitude. Elle l'entendait souvent dans le téléposte : « l'administration est de plus en plus surchargée et malgré des recrutements importants pour faire face à ces nouveaux défis, les délais se rallongent un peu partout. »

Cette mise au point mentale la rassura ; elle se releva et ressentit tout à coup une honte coupable d'avoir douté de l'administration. En sortant de la ruelle, elle songea qu'elle avait été idiote de se faire autant de soucis : l'Autorité était bienveillante, maternelle, il fallait lui faire confiance et se concentrer sur son propre bien-être au lieu de dépenser autant d'énergie pour Rémi, qui était entre de bonnes mains. Sur le trajet elle croisa une marche des fiertés, qui acheva de lui redonner du baume au coeur. *Une Autorité aussi tolérante ne sera jamais mauvaise*, se rassura-t-elle complètement en admirant les accoutrements – tantôt scabreux, tantôt festifs – des manifestants qui, sous le regard approbateur des forces de l'ordre, se déhanchaient au rythme d'une samba endiablée autour d'un phallus multicolore gigantesque.

*

Yann était assis dans la pénombre de son salon, avec pour tout éclairage l'écran de son téléposte et le télénum fixe de son bureau. Ses yeux bouffis de fatigue étaient rivés sur ce dernier, tentant de trouver un sens à ce qu'il affichait. Le petit carnet trouvé chez Rémi était posé négligemment à côté du clavier, l'impression désagréable d'espionner son ami l'avait rapidement dissuadé de le lire et il l'avait refermé, préférant honorer la promesse qu'il avait faite à Lilou : trouver à quoi correspondait l'article de loi AT-467093.06-13. Il lui avait fallu à peine quelques secondes pour en afficher le texte intégral sur le portail d'information en ligne de l'Autorité, mais cela ne l'avait pas aidé à comprendre ce qui était reproché à Rémi. Le texte était beaucoup trop complexe.

Il l'avait lu et relu, il l'avait tourné dans tous les sens, en avait décrypté chaque mot pendant plus d'une heure mais il fallait qu'il se rende à l'évidence, il ne comprenait pas les subtilités du langage juridique. Le conseiller judiciaire n'était pas disponible avant des mois, il fallait trouver un autre moyen de déchiffrer ce jargon. Il tenta plusieurs requêtes sur le moteur de recherche ; si un site, un article de presse ou un texte quelconque, expliquait cet article de loi en langage clair et compréhensible, il était déterminé à le trouver.

En fond, le téléposte diffusait une émission de divertissement à la mode. Un invité, présenté avec moultes mises en garde comme controversé, y faisait un long mea-culpa avec une gêne palpable, sous les regards inquisiteurs d'une présentatrice et d'un panel de chroniqueurs à l'allure irréprochable. Attribuant maladroitement son dérapage à la maladie, il bredouillait, à chaque reproche fait par l'un ou l'autre de ses interlocuteurs, des excuses honteuses et promettait qu'il était en train de se soigner, assurant qu'il ne tiendrait jamais plus de tels propos nauséabonds que d'ailleurs il n'avait jamais pensés. *Tant mieux*, se dit Yann sans lever les yeux de son télénum, *il avait vraiment dépassé les bornes.*

Soudain, il esquissa un sourire. Il cherchait depuis tellement longtemps qu'il avait oublié quelle requête l'avait amené là, mais il avait enfin trouvé ce qu'il cherchait. L'article de ce qui avait tout l'air d'être un site d'information était intitulé « Article AT-467093.06-13, quelles implications ? ». Il datait d'une vingtaine d'années mais cela ne le surprit pas : la loi avait été promulguée à cette époque. L'information avait l'air solide, l'auteur se disait avocat de profession, une caste spécialisée en droits aujourd'hui disparue et remplacée par les conseillers judiciaires nommés par l'Autorité.

Il y expliquait de manière claire que l'article de loi avait été voté au cours d'une procédure d'urgence parce que – selon l'Autorité, à l'époque – « si la loi permet de lutter contre les actes de terrorisme de façon efficace, certains événements ont montré que la législation doit être adaptée pour prendre en compte des évolutions inquiétantes qui concernent la nature des actes et le comportement des auteurs[*] ». Il y énumérait ensuite une liste impressionnante de moyens nouveaux donnés à la police, de sanctions inédites prévues pour pénaliser les criminels et finalement, soulignait que cette loi élargissait sensiblement le sens du mot « terrorisme » : au-delà de la définition admise jusqu'alors d'un recours à la terreur et à la violence en vue d'imposer ses idées

---
[*] Véritable extrait du compte-rendu du Conseil des ministres de la République Française du 09 juillet 2014.

politiques ou son autorité, était maintenant considéré comme acte de terrorisme le fait de mettre en péril l'intégrité de la nation, de l'Autorité ou de la démocratie, de troubler l'ordre public ou d'inciter à la haine. A la fin du texte, l'auteur sortait de son rôle d'analyste et mettait en garde contre ce qu'il appelait des reculs pour la liberté. *Il est meilleur spécialiste en droits que devin*, jugea Yann. *On n'a jamais été aussi libres qu'en ce moment !*

Mais maintenant qu'il avait trouvé les réponses qu'il cherchait, il était encore plus perdu qu'avant. Si l'information qu'avait arrachée Lilou au préposé de la police était exacte, cela voulait dire que Rémi était un terroriste.

— Rémi est un terroriste.

Il répéta ces mots à voix haute plusieurs fois, mais cela ne l'aida pas à se faire à l'idée. Rémi et Yann se connaissaient depuis l'enfance et Rémi avait toujours été le plus calme, le plus posé, le plus responsable. Si l'un d'entre eux avait mal tourné ce n'était pas Rémi, qui avait toujours été honnête et droit avec de grands idéaux, qui avait un travail stable et bien considéré et qui était bien inséré dans la société, contrairement à Yann qui, lui, était célibataire, avait une vie sociale presque inexistante, un travail banal et insignifiant et surtout, une liste longue comme le bras d'arrestations et de stages de sensibilisation aux problématiques des minorités. Non, ce n'était pas possible, Rémi ne pouvait pas être un terroriste.

Ou alors quelque chose lui échappait.

Yann sauvegarda l'article et ajouta le site à ses favoris. *On ne sait jamais,* se dit-il en tapant « Aider Rémi - LIBRIS » dans le champ prévu avant de valider la requête sur son télénum.

La raison a cédé la place aux émotions. Il ne faut plus réfléchir mais ressentir faute de quoi on est mal vu, exclu des conversations et des cercles sociaux. Et les gens s'imaginent, à tort, qu'en s'étant contentés d'éprouver un sentiment, ils ont réfléchi.

Peu importent les arguments, pour eux. Si vous ne donnez pas l'impression de ressentir, de communier avec les autres, ce que vous dites n'a aucune valeur.

Carnet de Rémi

4.

Rémi avait été fermement escorté à l'hôpital par deux policiers en civil pour y subir de nombreuses prises de sang, un scanner et un IRM. L'équipe médicale avait effectué ces examens sans écouter ses refus verbaux répétés, mais il n'avait pas tenté de s'y soustraire par la force, ayant été menacé avec une piqûre de tranquillisants par une infirmière en chef à la corpulence de camionneur. Il avait ensuite été ramené au centre de détention et maintenant, seul dans sa petite cellule spartiate mais d'une propreté presque clinique, il attendait la suite. Il n'était pas sûr de ne pas être malade, même s'il se sentait très en forme physiquement. Peut-être avait-il une maladie asymptomatique ? Son caractère avait radicalement changé depuis quelque temps, il y avait peut-être une raison médicale, après tout.

Il n'avait aucune idée du temps qu'il avait passé entre ces quatre murs, ni de l'heure qu'il était. Il n'y avait aucune fenêtre et l'unique ampoule « lumière du jour » au plafond, qui émettait en permanence une lueur éclatante, devait être actionnée par les gardiens à partir du poste de garde parce qu'il n'avait pas trouvé d'interrupteur pour l'éteindre. Assis sur une couchette rudimentaire, son esprit divaguait entre deux assoupissements involontaires.

Pourquoi toutes ces pensées étaient-elles venues le tourmenter depuis la naissance d'Eloïc ? Lui d'habitude tellement insouciant, avait commencé à se poser des questions presque du jour au lendemain. Des questions compliquées auxquelles il n'avait pas trouvé de réponses toutes faites et immédiatement disponibles.

Quel était son rôle de père ?

Comment devait-il élever son fils ?

Des questions qui, au début, lui avaient paru idiotes et qu'il lui avait été facile de chasser de son esprit en regardant le téléposte. Après tout, l'éducation de son fils était du ressort de l'Autorité, pourquoi s'en serait-il soucié ? Son rôle à lui se bornait à ce qu'Eloïc soit aimé, choyé, et donc heureux.

Mais les interrogations étaient revenues, tenaces, insistantes. Elles l'avaient assailli sans cesse, de jour comme de nuit, si bien qu'il avait commencé à chercher des réponses en espérant que cela ferait disparaître ses angoisses. Mais une réponse trouvée entraînait invariablement l'apparition d'autres questions, c'était sans fin. De son rôle de père, ses doutes avaient dérivé sur sa place dans la société, la finalité de son existence et, pour finir, la légitimité de l'Autorité elle-même.

Alors si tout cela était arrivé brusquement, c'était bien possible que ce soit une maladie. Pourquoi pas une tumeur au cerveau ? D'ailleurs, inconsciemment, il se doutait que quelque chose n'était pas normal puisqu'il n'avait même pas osé parler ouvertement de ses doutes à Lilou. Au tout début de son questionnement il lui avait demandé ce qu'elle pensait qu'ils devaient faire pour élever Eloïc. Elle lui avait répondu avec un grand sourire qu'ils n'avaient pas à s'en faire, que l'Autorité leur enverrait les informations nécessaires en temps voulu.

— C'est comme ça qu'ils font pour mes nièces, avait-elle dit. A chaque étape importante de leur vie, l'Autorité envoie à ma soeur des instructions. Il y a tout ce qu'il faut : ce qu'elles doivent manger et en quelle quantité, les dates auxquelles il faut les inscrire à l'école, quel sport il faut qu'elles pratiquent, et ainsi de suite. Ce sera pareil pour Eloïc, on nous dira ce qu'il faut faire et si jamais on a des questions, on pourra appeler le service des assistantes sociales qui sont là pour nous guider. Nous, on a juste à l'aimer ; pour tout le reste, l'Autorité est là. Ne t'inquiète pas, ça va aller, on sera de bons parents.

Elle lui avait dit cela avec insouciance, son regard doux planté dans le sien et le plus beau des sourires aux lèvres, puis avait tourné la tête pour reprendre le cours de son émission sur le téléposte. Il avait été apaisé, sur le moment. Mais ensuite d'autres interrogations étaient nées dans son esprit, qu'il avait gardées pour lui. Lilou n'aurait pas compris ces remises en question incessantes et il ne voulait pas l'inquiéter, il ne voulait pas que son beau sourire s'évanouisse.

Cette nuit là il avait rêvé qu'il était une tête de bétail parmi des millions d'autres dans une ferme haut de gamme avec tout le confort d'un hôtel cinq étoiles. A son réveil, il aurait juré avoir entendu le son de la trayeuse électrique, au fond de la grange équipée d'un téléposte géant, mais ce n'était que Lilou qui, paisiblement assise sur le fauteuil du salon, mettait à profit son insomnie pour faire des biberons d'avance, son tire-lait ventousé à un sein.

Au début, il avait mis ses angoisses existentielles sur le compte de la fatigue liée aux réveils d'Eloïc qui ne faisait pas encore ses nuits ; il se disait que ça passerait en retrouvant un cycle de sommeil normal. Mais le nombre des interrogations qui lui venaient n'avait fait que croître, les questions étaient devenues habituelles, et il ne avait plus repoussées, au contraire ; il les avait devancées. Et puis il avait commencé à tenir un petit carnet, pour tout consigner et tenter de comprendre. Un carnet papier, juste pour lui, qui ne risquerait jamais de se retrouver sur le réseau. Dans ce carnet, les questions les plus incongrues, les pensées les plus choquantes, et des réponses inconcevables mais dont il était pourtant sûr de l'exactitude.

S'il avait une tumeur, elle lui avait ouvert les yeux sur le monde qui l'entourait, mais c'était aussi un cancer qui l'isolait de la société tant il savait que ses pensées étaient indécentes et choquantes ; tellement extravagantes et déplacées qu'il n'en avait jamais parlé ouvertement, ni à sa femme ni à son meilleur ami.

Alors s'il était malade, il serait soulagé. Il pourrait être soigné et retrouver sa vie d'avant, le réconfort d'être en communion avec sa famille et ses amis. Cette lucidité disparaîtrait ; elle ne l'isolerait plus.

L'Autorité nous jette des miettes et nous sommes contents parce qu'elle nous a fait croire que ces miettes sont les meilleurs gâteaux qui soient.

Carnet de Rémi

5.

Plusieurs jours s'étaient encore écoulés et aucune nouvelle de Rémi n'avait filtré. Lilou était passée en mode automatique ; comme anesthésiée, elle s'occupait de son fils du mieux qu'elle le pouvait et ne se laissait aller à la tristesse que le soir venu, quand il était couché. Elle n'arrivait pas à se résoudre à dormir dans le lit conjugal sans son mari et tous les soirs, seule dans le salon éclairé par le téléposte qu'il était impossible d'éteindre avant vingt-trois heures, elle pleurait à chaudes larmes jusqu'à l'épuisement. Elle avait perdu la plus grosse part de ses amis, qui s'étaient contentés de lui dire que si Rémi était incarcéré c'était « qu'il l'avait bien cherché, quelque part », et sur les réseaux sociaux, le nombre de ses followers avait diminué comme peau de chagrin.

Elle ne savait pas ce qui était le pire. Que les gens la prennent en pitié ? « Oh, ma pauvre ! » soupiraient-ils avant de tourner les talons comme s'ils avaient peur d'être contaminés par ses malheurs. Ou qu'ils condamnent Rémi avant que l'Autorité elle-même ait rendu un jugement. « Si l'Autorité se trompait et arrêtait les mauvaises personnes, ça se saurait » disaient certains ; « on ne sait jamais vraiment avec qui l'on vit » sermonnaient d'autres. Même ses parents s'y étaient mis, avouant que « Rémi avait toujours été un peu bizarre, quand même. »

Lilou n'avait plus que Yann pour l'épauler, c'était le seul qui l'appelait encore pour prendre de ses nouvelles, pour la soutenir. Malgré cela elle se sentait désarmée dans certaines situations particulières : Eloïc, qui réclamait son père très souvent quelques semaines auparavant, commençait à ne plus en parler autant et Lilou craignait qu'il fût en train de l'oublier. Elle-même se posait beaucoup de questions depuis que Yann lui avait expliqué l'article AT-467093.06-13. Bien qu'elle tournât et retournât la question dans tous les sens, elle ne comprenait pas ce que Rémi avait bien pu faire pour se retrouver accusé de terrorisme. Elle continuait de croire que tout cela n'était qu'une grosse erreur, même si cette certitude s'étiolait avec le temps : l'abandon de tout son réseau social l'ébranlait et elle avait l'impression que cette situation allait perdurer, ce qui la terrifiait.

Yann n'avait pas ces soucis. C'était un solitaire, il l'avait toujours été. Rémi était son seul ami et il se souciait par ailleurs peu du regard des autres, surtout si ces autres n'étaient pas importants à ses yeux. Bien sûr, il avait appris très tôt à l'école qu'il fallait penser aux autres plus qu'à soi-même, mais il n'avait jamais vraiment compris pourquoi et comme les professeurs n'avaient pas su lui expliquer d'une manière qu'il trouvait convaincante, se bornant à lui marteler qu'il s'agissait de solidarité, il n'avait jamais vraiment intégré cette valeur dans son schéma de pensée. Quelques punitions avaient fini par lui inculquer des automatismes qu'il avait depuis gardés : faire des dons à des associations, faire attention à ce qu'il disait, ne pas blesser les gens même sans le vouloir ; mais ce n'étaient que des réflexes pavloviens. Lui n'était, contrairement aux autres, jamais blessé par des propos discriminants, surtout s'ils venaient d'inconnus. Un psychiatre l'aurait sans doute diagnostiqué sociopathe, mais il était parfaitement normal, sensible aux malheurs des autres et tout à fait capable de ressentir de la culpabilité quand cela concernait les actes. Yann était juste un peu plus endurci que ses contemporains.

Le carnet trouvé chez Rémi était toujours posé sur son bureau ; il n'avait pas encore osé y toucher mais la curiosité le gagnait au fur et à mesure que l'incarcération se prolongeait. Lilou et lui étaient dans le flou le plus total, incapables l'un comme l'autre de comprendre ce qui arrivait à Rémi, et Yann commençait à se dire que les réponses – s'il y en avait – se trouvaient sûrement dans ce carnet dont il n'avait pas parlé à Lilou, partant du principe que si Rémi l'avait caché au fond d'un tiroir c'était sans doute qu'il ne voulait pas qu'elle le trouve. Tant que Yann ne savait pas ce qu'il contenait il préférait qu'elle en ignore l'existence, ne voulant pas prendre le risque de rajouter la peine à l'angoisse. Mais lui pouvait tout encaisser, et plus le temps s'écoulait, moins il était gêné par l'idée de lire ce qui ressemblait fort à un journal intime. Au contraire, il devenait presque vital qu'il sache ce qui se passait dans la tête de Rémi s'il voulait pouvoir l'aider.

Il était minuit, le téléposte dans son salon s'était éteint une heure plus tôt, obéissant enfin à la consigne que Yann avait pianotée sur sa télécommande en rentrant du travail. Une petite lampe d'appoint équipée d'une ampoule à économie d'énergie l'éclairait faiblement tandis qu'installé dans son fauteuil en cuir recyclé il ouvrit, mi-curieux mi-inquiet, le carnet de son meilleur ami.

L'écriture était petite, tassée, mais très lisible ; le style était sobre. Rémi y déroulait le fil de ses pensées en les expliquant point par point, de manière claire, limpide, et tellement simplement que ce qu'il écrivait semblait évident.

Au début, Yann crut que Rémi faisait une dépression. Il avait consigné en première page son sentiment de désespoir, et s'ensuivait une longue liste de questions existentielles qui lui parurent aussi insignifiantes qu'inutiles. Plusieurs fois il fut énervé par ce qu'il lisait, plusieurs fois il posa le carnet en se disant qu'il n'en lirait pas une phrase de plus, mais invariablement la curiosité l'emportait sur la colère et il reprenait la lecture là où il l'avait laissée.

Au fil de ses écrits Rémi apportait des réponses à

toutes les questions du début et en posait d'autres à propos desquelles il donnait des pistes de réflexions. La manière brutale et froide qu'il avait d'expliquer, même si elle bousculait les certitudes de Yann, faisait énormément de sens. Pourquoi lui-même ne s'était-il jamais posé ces questions ? Pourquoi n'avait-il pas tout remis en question comme le faisait Rémi ? Comment avait-il pu rester aussi longtemps dans une telle béate ignorance ?

Quand il en eût terminé la lecture, Yann referma le carnet avec l'impression que, pour la première fois de sa vie, il voyait le monde qui l'entourait tel qu'il était vraiment. Les pensées de Rémi contredisaient tous les messages officiels de l'Autorité et remettaient en cause les fondements mêmes de la société telle qu'il l'avait toujours connue. Tout ce que son ami avait écrit était vrai, il en était persuadé. Mais c'était une vérité que tout le monde refusait de voir, lui y compris, jusqu'à ce qu'il soit forcé d'y réfléchir. Et quelle difficulté ça avait était que d'en prendre conscience ! Il lui avait fallu un temps fou, avec des montagnes russes d'émotions et beaucoup de remise en question pour assimiler ce que contenait ce petit carnet. Si Rémi n'avait pas été son meilleur ami, s'il n'avait pas été incarcéré, il n'en aurait même jamais terminé la lecture.

Maintenant il comprenait Rémi, il comprenait pourquoi il avait été ailleurs ces derniers temps ; il comprenait pourquoi il avait caché ce carnet à Lilou. Cette vision du monde était trop lourde à porter, elle isolait forcément celui qui l'avait parce que rares étaient les personnes à penser comme cela. En fait, Yann n'en connaissait pas et n'en avait jamais entendu.

Ce qu'il ne comprenait toujours pas, en revanche, c'était pourquoi son ami était incarcéré. Ce carnet pouvait effectivement aisément le faire condamner pour terrorisme tant le terme légal était vague et les idées que Rémi y exposait iconoclastes. Mais personne à part Rémi et lui ne connaissait son existence, il devait y avoir autre chose !

Nous avons rendu les armes en abandonnant notre libre arbitre. Notre société n'est plus qu'un troupeau sans tête, l'important n'est pas tant d'aller quelque part mais de maintenir la cohésion du groupe, de tout uniformiser à tout prix.

Ils appellent ça le vivre ensemble.

Carnet de Rémi

6.

Les examens médicaux pratiqués sur Rémi n'avaient montré ni tumeur, ni dégénérescence ; il était en bonne santé. Loin d'être soulagé à l'annonce de cette nouvelle, il avait tout de suite compris ce qu'elle impliquait et, en effet, le soir même, les poignets fermement menottés, il quittait le commissariat, escorté par deux agents taciturnes. Il s'attendait à être transféré en prison sans possibilité de revoir sa femme et son fils, mais la navette de la police l'avait conduit dans une unité psychiatrique fermée ; Rémi était tellement épuisé qu'il ne chercha pas à comprendre pourquoi. Dans la petite chambre qu'on lui avait attribuée, synthèse élégante entre celle d'un hôtel et d'un hôpital, il avait pu se doucher, se raser et surtout dormir une nuit complète lumières éteintes, ce qu'il n'avait pas fait depuis son arrestation quelques jours plus tôt. Ou était-ce quelques semaines ? Il n'en savait rien, tant il avait perdu la notion du temps dans la petite cellule sans fenêtre et constamment éclairée du commissariat.

Il se réveilla le lendemain matin, un peu reposé. La chambre qu'il occupait, spacieuse et d'une propreté irréprochable, semblait avoir été rénovée récemment. Elle était sobrement meublée de deux lits simples, deux petites penderies et deux bureaux équipés chacun d'un télénum fixe. Le mur face aux lits était habillé d'un large miroir occupant toute la largeur de la pièce, que surplombait un téléposte dernier cri. La lumière baignant la pièce provenait d'une grande fenêtre sans rideaux. Il tenta de l'ouvrir mais ne trouva ni poignée, ni manette ; en l'examinant de plus près il constata que les battants étaient collés au chambranle et que le vitrage était triplé et, d'après le logo discret gravé dans les coins, en verre incassable. Ces détails presque invisibles lui rappelèrent brutalement qu'il était dans un centre psychiatrique fermé, terme policé pour désigner une prison pour les fous. *A tout prendre j'aurais préféré la prison classique*, se dit-il avec amertume. *Pourquoi m'avoir mis chez les fous ?*

Le second lit étant inoccupé, il n'avait pas de camarade d'infortune pour l'éclairer sur ce point. *Mais au moins je ne suis pas enfermé avec un cinglé*, se rassura-t-il. Il s'assit au bureau le plus proche de son lit et alluma le télénum d'un geste hésitant. L'affichage à l'écran était tellement familier qu'il eut l'impression très nette d'être revenu chez lui et de regarder son propre poste. Oubliant où il était, dans un élan presque euphorique, il tenta de se connecter à son compte en ligne et sentit son coeur tomber lourdement dans sa poitrine quand l'écran afficha la petite phrase lapidaire : « Compte supprimé. » Il réessaya plusieurs fois avec toujours le même résultat, ce ne fut qu'au bout de quelques longues minutes qu'il intégra enfin l'information.

Mais qu'est-ce que tu t'imaginais ? Tu es en taule, bon sang !

Il se leva, ouvrit la penderie la plus proche, y trouva un pantalon et un t-shirt propres et, après s'être habillé à la hâte, tenta sans trop y croire de sortir de la chambre. La porte s'ouvrit en grand sans même un grincement quand il en actionna la poignée. Assimilant son nouveau statut de prisonnier, il emprunta timidement le long couloir sur lequel donnait la chambre en se rassurant sur le fait que si la porte s'ouvrait sans problème c'est qu'il avait le droit de sortir pour faire un peu de tourisme.

Le long couloir comptait plusieurs portes numérotées de part et d'autre ; Rémi évalua rapidement qu'il y en avait une dizaine. L'extrémité la plus proche de sa chambre était fermée par un mur d'un beau vert-hôpital, il se dirigea du côté opposé. Au fur et à mesure qu'il avançait, il entendait des voix au loin se faire de plus en plus claires et distinctes. Le couloir interminable donnait sur une grande salle au centre de laquelle une dizaine de personnes étaient assises en cercle. Il les observa un moment debout sur le seuil de la pièce avant que l'un des participants de ce qui ressemblait fort à une thérapie de groupe le remarque, se lève et l'interpelle.

— Monsieur Cardon, vous voilà ! Approchez, approchez, n'ayez pas peur.

Rémi était comme figé sur place ; l'homme reprit, d'un air enjoué :

— Venez, que je vous présente à tout le monde ! Mes amis, annonça-t-il tandis que Rémi s'approchait avec réticence, voici Rémi. Il nous a rejoints hier soir.

L'homme avait fait quelques pas vers lui et, après lui avoir tendu une main que Rémi, penaud, serra par réflexe, le prit par le bras en glissant l'autre main dans son dos d'un geste presque paternel pour le pousser vers le petit groupe.

— Rémi, voici vos camarades.

Il les nomma un à un et chacun adressa à Rémi un « bienvenue » souriant à l'annonce de son prénom.

— Voici Clara… Aurore… Willem… Sophie… Patrice… Véronique… Benoît… Maria… Tom… et Ninon.

Puis il désigna une chaise entre celle qu'il occupait précédemment et celle de Ninon.

— Asseyez-vous, je vous en prie.

Rémi, encore sous l'effet de la surprise, prit place en silence. L'homme se rassit à son tour et, se tournant vers lui, parla avec un sourire charmeur et une voix enveloppante.

— Je suis Simon, votre thérapeute. Je suis psychiatre diplômé et je représente cette institution ; vous pouvez donc me faire entièrement confiance, je suis là pour vous aider.

Il se cala sur sa chaise et considéra le groupe. Son air bonhomme, ses mains caressant le beau pull en cachemire, tendu sur son torse rebondi, tout respirait le contentement chez lui.

— Je sens que nous allons faire du bon travail tous ensemble, sourit-il béatement.

Ceux que le thérapeute avait désignés comme ses camarades acquiescèrent à l'unisson. Rémi les observa attentivement ; ils affichaient tous un sourire ravi qui contrastait avec le lieu où ils se trouvaient. *Qui, à part quelqu'un sous benzos, sourit comme ça ?* pensa-t-il sans oser poser franchement la question, jugeant que tant qu'il ne savait pas pourquoi ni dans quelles conditions il était là il valait mieux faire profil bas. La séance touchait à sa fin, Simon congédia le groupe sur un encouragement appuyé à « toujours se souvenir qu'être au service de la collectivité est la clé du bonheur ». Rémi allait se lever comme les autres, mais le thérapeute lui posa la main sur l'épaule.

— Restez, je vous en prie, nous avons des choses à nous dire. Notre première séance individuelle n'était pas prévue avant quelques heures, mais puisque vous vous êtes réveillé plus tôt que prévu et que vous avez déjà vu tout le monde... Allons dans mon bureau, dit-il d'une voix mielleuse en se levant de sa chaise.

Rémi suivit le thérapeute hors de la grande salle, dans un autre couloir et jusqu'à une porte ; avant que ce dernier ne l'ouvre, il eut le temps d'y lire la plaque en songeant qu'il aurait préféré qu'on l'eût jeté en prison :

> Simon TIFFES, Psychiatre
>
> Thérapeute Comportemental
> Spécialiste du Vivre Ensemble
>
> Diplômé de l'Ecole Publique de Psychiatrie

— Entrez, entrez, mettez-vous à l'aise.

Le bureau de Simon Tiffes ressemblait à un salon chaleureux et confortable. Il était meublé d'un canapé, de deux fauteuils club en cuir vieilli et d'une élégante petite table basse en bois ; un tapis persan occupait presque toute la surface au sol. Une cheminée – si celles-ci n'avaient pas été interdites pour cause de pollution – n'aurait pas dépareillé. Rémi remarqua que la fenêtre habillée de lourdes tentures qui inondait la pièce d'un soleil de printemps ne comportait pas de système d'ouverture.

— Asseyez-vous je vous en prie, dit Simon en désignant un des fauteuils.

Rémi s'exécuta nerveusement et, sans prendre le temps d'apprécier le confort du cuir rembourré, interrogea directement le thérapeute.

— Pourquoi suis-je ici ? Je pensais que les examens médicaux qu'on m'a fait subir n'avaient rien donné. Pourquoi m'a-t-on transféré dans un hôpital… psychiatrique ?

Tandis qu'il parlait, le thérapeute avait refermé la porte de son bureau et était allé s'assoir sur le fauteuil d'en face, le sourire toujours plaqué sur son visage ; ses yeux pétillaient.

— Ah, c'est un sacré coup de chance ! Figurez-vous que j'assure des gardes à l'hôpital où vous avez subi vos examens médicaux, et à ce titre j'ai eu l'occasion de prendre connaissance des résultats en même temps que mes collègues. Votre cas m'intéresse beaucoup. Voyez-vous, j'ai une théorie : cette déviance mentale qu'est le terrorisme est guérissable !

Il avait un air triomphant en déclamant cette idée, et fit une pause théâtrale dans son discours pour donner à Rémi le temps de prendre la mesure de ce qu'il estimait être une trouvaille révolutionnaire.

— Je m'attache à prouver cette thèse et j'ai donc obtenu l'autorisation de vous intégrer dans mon programme thérapeutique, d'autant que ça arrangeait bien du monde… il faut dire que les provocations terroristes se multiplient ces derniers temps et que l'Autorité commence à manquer de place en prison. La semaine dernière ils ont coffré un individu qui disait à qui voulait l'entendre que l'Autorité était une mafia qui viendrait à bout de l'humanité et qu'il fallait se rebeller… il a pris dix ans fermes. Lui était incurable selon moi. Mais vous… Vous, je vous aiderai à aller mieux. Vous… je vous guérirai !

— Me guérir ? Mais je ne suis pas malade, et encore moins fou ! Si vous voulez m'aider, laissez-moi rentrer chez moi !

Rémi allait se lever, mais Simon Tiffes le rassura d'un geste de la main.

— Allons, allons… personne n'a dit que vous étiez fou, et d'ailleurs la folie ne se soigne pas. Non… je pense que vous avez un trouble du comportement sensitif et que c'est pour ça que vous avez commis tous ces actes qui ont menés à votre arrestation. Votre maladie n'est pas physique, elle est psychique ; elle ne se voit pas sur les radios mais je vous rassure c'est une maladie bien réelle et qui se soigne très bien ! Vos petits camarades sont tous dans le même cas que vous, à ceci près qu'ils sont traités depuis un moment. Certains sont même déjà en rémission et vont bientôt rentrer chez eux.

— Vous êtes en train de me dire que je suis réellement malade et que vous allez me soigner ?

— Oui, répondit Simon d'un air enjoué. Oh, c'est l'affaire de quelques mois, une année tout au plus. J'ai de très bons résultats, vous savez. Je sais qu'il n'est pas très correct de se vanter mais je peux vous le dire : mon taux de réussite avoisine les cent pour cent !

Il avait redressé les épaules et bombé le torse en annonçant ce chiffre ; cette étude était visiblement l'oeuvre de sa vie. Rémi mit quelques minutes à assimiler ces nouvelles informations et évaluer ses options. Quand il se mit enfin à parler il avait le visage fermé.

— Mais, je ne me sens pas malade, je ne suis pas malade.

Le thérapeute eut un petit gloussement amusé.

— Oh, ils disent tous ça…

Sans se départir de son sourire, il continua sur un ton plus sérieux.

— Reconnaître la maladie fait partie de la thérapie. Vous y viendrez… ils le font tous.

— Vous voulez dire qu'ils mentent pour rentrer chez eux au plus vite, rétorqua Rémi qui n'était pas dupe de la voix enrobante de Simon.

— Oh non… on ne peut pas feindre la raison !

Pas vingt quatre heures sur vingt quatre pendant plusieurs mois. Ceux qui tentent cette approche ne tiennent pas plus d'une semaine, croyez-moi... ils se trahissent très vite. Faire semblant, être sur ses gardes constamment, c'est impossible à tenir sur le long terme.

— Constamment ?

— Oui.

Le thérapeute sembla soudain se rappeler quelque chose, il se redressa sur son siège et son visage s'anima.

— Oh, il faut que je vous explique un peu en quoi consiste la thérapie. Vous allez voir que c'est assez simple, vous n'aurez même pas l'impression de travailler sur vous même. Vous vous sentirez un peu comme en camp de vacances, cela vous rappellera peut-être votre jeunesse.

Dubitatif, Rémi laissa Simon s'adonner à son activité favorite : parler.

— Tout au long de la thérapie vous occuperez une chambre confortable et aurez accès aux programmes du téléposte sans restriction. Nous allons plus loin que la réglementation en vigueur, ici les télépostes sont allumés de treize à vingt-trois heures en début de cure et de seize à vingt-trois heures en période de rémission ; bien sûr, vous pouvez allumer le votre plus longtemps, c'est même recommandé. Un télénum fixe est mis à votre disposition dans votre chambre ; dès la fin cette séance je demanderai à ce qu'on vous crée un nouveau compte, qui sera bridé. Au fur et à mesure de vos progrès vous pourrez avoir accès à plus de programmes et de sites. Arrivé en période de rémission – car je ne doute pas que vous y arriverez – vous aurez récupéré tous vos droits et vous accèderez au réseau comme avant votre arrestation.

— Mais… en quoi consiste le traitement ? s'enquit Rémi.

— Oh, trois fois rien ! Toutes les semaines, vous devrez participer à une séance de thérapie de groupe avec vos petits camarades, et bien sûr vous aurez une séance individuelle avec moi. Nous organisons aussi des ateliers pratiques quand nous le jugeons nécessaire, votre présence y est toujours requise.

— Et le reste du temps ?

— Vous avez quartier libre. Il est grandement recommandé que vous interagissiez avec vos camarades du groupe de thérapie, ils sont là depuis plus longtemps que vous et pourront vous guider dans votre guérison. Bien sûr, vous ne pouvez pas sortir de l'enceinte de l'unité psychiatrique, mais c'est presque inutile de le préciser, vous vous rendrez rapidement compte que c'est impossible.

— C'est tout ?

— A peu près, oui. Suivant comment tout cela évolue, je pourrais être amené à vous prescrire des anxiolytiques ou des antipsychotiques. Nous verrons bien… Il faut savoir que le plus gros de la thérapie se fait en dehors des séances, quand le malade se retrouve seul face à sa conscience, et avec ses camarades… Avez-vous d'autres questions ?

— Non, pas vraiment. Je suppose que je n'ai pas le choix ?

— En effet. A partir de maintenant, vous êtes totalement pris en charge, c'est moi-même et mon équipe qui décidons de tout. Laissez-vous aller et tout ira pour le mieux, vous verrez, nous sommes là pour vous.

Le thérapeute se leva.

— Je vous propose de conclure cette séance. Nous avons bien avancé !

Rémi l'imita et se dirigea machinalement vers la porte. Quand il fut sur le seuil, Simon l'interpella.

— Au fait, il faut que je vous prévienne, c'est une question d'éthique et je ne tiens pas à perdre mon agrément pour une broutille pareille : les chambres sont surveillées, et deux de vos camarades sont des soignants de notre équipe. Bien sûr je ne peux pas vous dire lesquels, il en va de la réussite du programme thérapeutique !

La masse se laisse guider par l'autorité, l'autorité surfe sur l'opinion publique. La société entière, de l'échelon le plus faible au plus élevé, forme un gigantesque serpent qui se mange la queue en faisant du sur-place.

Carnet de Rémi

7.

Le télénum de Lilou émit une musique retentissante. Elle l'avait réglé ainsi exprès, de peur de manquer le courrier de l'Autorité concernant Rémi, ce qui ne l'empêcha pas de sursauter de surprise tant elle avait perdu l'habitude de l'entendre sonner ces derniers temps, la plupart de ses amis s'étant détournés d'elle sans explication. Du reste, elle n'avait pas eu besoin qu'ils lui détaillent leurs raisons pour comprendre pourquoi ; cela coïncidait avec la rumeur de l'arrestation de Rémi pour terrorisme, il ne fallait pas être sortie de la Grande Ecole d'Administration Publique pour faire le lien : Lilou était devenue une paria par procuration.

A la lecture du message affiché à l'écran, son premier réflexe fut d'appeler Yann. Elle lui avait dit qu'elle le ferait si elle avait des nouvelles et de toutes façons elle avait besoin de parler à un ami, la solitude l'angoissait. Il décrocha presque immédiatement.

— Lilou, fit-il d'une voix qu'il voulait enjouée, comment vas-tu aujourd'hui ?

— Ça peut aller, dit-elle en essayant de donner le

change. Je viens de recevoir des nouvelles concernant Rémi. Il faut que tu viennes.

— Je passe chez toi dès que je sors du boulot. Ce sont de bonnes nouvelles ?

— Je ne sais pas. Vraiment, je ne sais pas...

Après cet appel, Yann eut du mal à se concentrer sur son travail. Il expédia les affaires courantes sans vraiment s'appliquer et en regardant régulièrement l'heure. Le temps semblait ne pas vouloir s'écouler et le nœud à son estomac se resserrait petit à petit. Plus l'attente touchait à sa fin et plus elle devenait insupportable. Pourquoi Lilou n'avait-elle pas pu lui donner la moindre indication, le laissant redouter le pire comme espérer le meilleur ? Cette incertitude le rendait fou et, pendant bref un instant, il détesta Lilou de l'y avoir plongé. Quand il fut enfin l'heure de quitter le travail, son angoisse monta encore d'un cran et il eut du mal à lutter contre l'envie de courir jusqu'au parking.

Sa voiture, un petit bolide éco-électrique qui pouvait se targuer d'une autonomie de deux cents kilomètres en cycle urbain, était capable d'atteindre une vitesse maximale de 80 km/h, la limite haute fixée par l'Administration pour l'Homologation des Véhicules Mobiles et Ecologiques. Quand il l'avait achetée quelques mois plus tôt, sa sœur n'avait pas compris une telle dépense. « Mais... quel est l'intérêt de pouvoir dépasser les 30 km/h réglementaires en ville ? » avait-elle demandé. Il lui avait répondu en souriant que pour venir la voir il prenait la voie rapide limitée à 70 km/h ; et puis il n'avait ni femme ni enfant : il avait bien le droit de se faire plaisir !

La route lui parut plus interminable que jamais. Les nombreux feux rouges et ralentisseurs qui émaillaient le trajet entre son travail et chez Lilou l'obligeaient tantôt à s'arrêter pendant plusieurs minutes, tantôt à ralentir pour rouler au pas. Au volant de sa voiture Yann s'impatientait, trépignait presque ; il se surprit à penser qu'il aurait pu, même en respectant la limitation de vitesse, faire le trajet en deux fois moins de temps sans tout ces obstacles. A chaque feu rouge il se demandait pourquoi il devait s'arrêter si longtemps, la plupart ne signalaient que des passages piétons déserts ; les ralentisseurs aux abords des écoles ou des Hôtels Médicalisés pour Personnes du Troisième Age en Perte d'Autonomie lui semblèrent tout aussi inutiles vu l'excellente visibilité et ses bons réflexes.

Sans doute grâce à la légère bruine de printemps qui glaçait l'air depuis quelques heures, il ne fut arrêté qu'une seule fois pour vérifier son taux d'alcoolémie. Les deux agents des forces de l'ordre lui firent souffler dans un appareil de détection dernier cri après avoir inspecté son véhicule d'un coup d'oeil soupçonneux et vérifié la plaque d'immatriculation. Yann reconnut l'un des policiers et s'impatienta.

— Je vous croise tous les jours et vous ne trouvez jamais rien, plaida-t-il pour accélérer les choses.

L'agent se figea en haussant un sourcil. En voyant son air revêche, Yann se dit qu'il aurait mieux fait de se taire, le contrôle pouvait s'éterniser sous n'importe quel prétexte, or il était pressé, mieux valait faire profil bas. L'agent se contenta d'aboyer :

— On fait notre boulot, monsieur… Allez, circulez !

Soulagé, il reprit prudemment la route. Quelques minutes plus tard il était chez Lilou. Elle lui lui montra le message de l'Autorité avant même qu'il eût le temps de retirer sa veste ; visiblement saisie par l'angoisse, elle guettait sa réaction comme si elle en avait besoin pour se faire une idée de la situation. Yann s'en aperçut et s'efforça de garder une expression neutre en lisant le message à haute voix :

« Rémi Cardon a été inculpé le 24 mars dernier de terrorisme, selon l'article AT-467093.06-13 de la loi.

Il a été maintenu en détention provisoire durant 17 jours, période durant laquelle il a subi des examens médicaux pour déterminer la cause de son comportement dissident, comme le stipule la procédure de prise en charge des terroristes.

A la lumière des résultats des examens il a été

décidé, conjointement entre l'équipe médicale et le Directeur de la Police dûment habilité par l'Autorité, de placer Monsieur Rémi Cardon en Centre de Soins Psychiatriques Intensifs dans l'unité fermée du Docteur S. TIFFES, à l'Hôpital du département, jusqu'à sa guérison complète.

Cette décision irrévocable est prise autant pour protéger Rémi Cardon de lui-même que pour le bien de la société. »

Ce que Yann avait lu dans le carnet de Rémi ne laissait aucun doute, il remettait en cause l'existence même de l'Autorité et en faisait une critique acerbe, arguments à l'appui. Coupable de terrorisme, Rémi aurait dû être incarcéré à vie, et pourtant l'Autorité avait choisi de l'interner en hôpital psychiatrique. Yann comprenait maintenant pourquoi Lilou ne savait pas lui dire si la nouvelle était bonne ou pas. Sans trop qu'il sache pourquoi, ce que lui avait dit Rémi le jour de son mariage lui revint soudain en mémoire : *je ferai tout pour que Lilou soit toujours heureuse.* Alors, il s'efforça de la rassurer, conscient que la seule chose qu'il pouvait encore faire pour son ami était d'apaiser l'angoisse dévorante de sa femme.

— C'est moins grave que ce qu'on pensait. Il n'est pas en prison mais à l'hôpital et apparemment entre de bonnes mains. Ce docteur Tiffes est très réputé, je l'ai vu dans le téléposte pas plus tard qu'hier, il a l'air de savoir de quoi il parle.

— Mais, qu'est-ce qu'on lui a trouvé ?

Yann comprenait bien qu'il s'agissait d'un internement politique, mais il ne voulait pas affoler Lilou.

— Je ne sais pas, mais apparemment on va le guérir et il pourra rentrer à la maison. Regarde, il est écrit « guérison complète », lui dit-il en souriant tant bien que mal.

— Tu crois ? C'est une bonne nouvelle, alors ?

Yann ne voulait plus voir le regard interrogateur de Lilou. Il détourna les yeux, de peur de ne pas arriver à garder ce qu'il savait pour lui bien longtemps si elle continuait à le fixer comme ça.

— Ecoute, le mieux c'est que tu appelles ce docteur Tiffes. Je pense qu'il pourra te dire ce qu'a Rémi et te rassurer

Il lança une recherche sur son télénum.

— Tiens, voilà ses coordonnées. Il est trop tard pour aujourd'hui. Je t'envoie les infos… voilà. Appelle-le demain.

Ils passèrent un moment côte à côte, discutant de choses triviales, cherchant mutuellement un réconfort dans les banalités et le temps qui passe tout en regardant le petit Eloïc qui, installé dans un grand parc à barreaux devant le téléposte allumé, s'essayait avec enthousiasme au langage parlé, répétant les formules toutes faites de l'animateur à l'écran. Le spectacle arracha un sourire ému à Lilou, tandis qu'un frisson glacé parcourut Yann.

Est considéré comme terrorisme le fait de déstabiliser ou détruire les structures fondamentales politiques, économiques ou sociales d'un pays.[*]

Extrait de l'article AT-467093.06-13.

---

[*] C'est aussi une partie de la définition donnée par la Convention du Conseil de l'Europe pour la prévention du terrorisme (2005)

8.

Simon Tiffes était fier de son coup. Posté derrière le miroir sans tain de la chambre de Rémi, il observait les premiers effets de sa thérapie.

— Regardez, il est en plein épisode délirant ! Le voilà qui cherche des micros et des caméras partout, s'écria-t-il.

La femme à qui il s'adressait fit un pas en avant, considérant Rémi comme s'il s'agissait d'un sujet d'étude scientifique.

— Oui, c'est drôle, n'est-ce-pas ? Avec toute la technologie dont nous disposons de nos jours... il ne se doute sûrement pas que c'est à travers un vieux miroir qu'on l'observe. L'archaïsme a du bon, parfois !

Elle s'approcha encore de la vitre pour mieux observer son comportement.

— Les sujets atteints de délire sensitif sont tous pareils, dit-elle, subjuguée. Il suffit de leur dire qu'ils sont surveillés pour déclencher chez eux une crise paranoïaque. C'est fascinant !

— D'ici quelque temps il n'y pensera plus. Être constamment observé sera redevenu normal pour lui... comme ça n'aurait jamais dû cesser de l'être.

Simon donnait l'impression de réciter un manuel de psychiatrie :

— C'est un des symptômes de la maladie, le plus visible à vrai dire. Le sujet se renferme sur lui-même, il refuse le contact, arrête d'interagir sur les réseaux sociaux et ne se livre plus. Ce qui m'a mis la puce à l'oreille pour celui-ci, dit-il en faisant un mouvement du menton en direction de Rémi, c'est qu'il n'a jamais publié aucune photo de son jeune fils sur le réseau. Inimaginable, n'est-ce pas ?

— Impensable, en effet... confirma la femme, perplexe.

— Et bien ce détail est très révélateur de sa pathologie. Voyez-vous, l'enfant est l'extension du Moi, ne pas le montrer, c'est se renfermer, c'est refuser l'autre, c'est refuser le vivre ensemble !

— Il a failli être emprisonné pour terrorisme, c'est bien ça ?

— Oui ! C'est un coup de chance que j'aie été là, dit Simon en bombant le torse, il pourra être soigné au lieu de croupir en prison. Son état est assez avancé, il commençait à être dangereux et l'Autorité ne savait pas trop comment gérer le cas, pour ma part je le prends comme un défi que je compte bien relever !

Il était manifestement fier du rôle qu'il avait joué. Son influence sur l'Autorité, sans doute due à son aura médiatique, le remplissait d'orgueil.

— Les terroristes ne sont jamais que des malades mentaux, vous savez, et pour le bien de la société mieux vaut qu'ils soient traités que de risquer qu'ils deviennent des martyrs, conclut-il, son éternel sourire aux lèvres.

De l'autre côté du miroir, Rémi commençait à se calmer. Après quelques heures de recherches intensives il n'avait toujours rien trouvé. Ni micro, ni caméras. Et pourtant ce qu'avait dit le thérapeute se tenait : il était logique qu'« on » l'espionnât, qu'« on » suivît l'évolution de son état mental. Il n'avait rien trouvé mais ça ne voulait pas dire qu'il n'y avait rien, il devait forcément y avoir des gadgets sophistiqués qu'il n'avait pas réussi à détecter ; d'ailleurs, il avait l'impression d'être observé en ce moment même, sans arriver à déterminer comment c'était possible. De guerre lasse, il s'assit au bord de son lit et repensa à la conversation qu'il avait eue avec Simon Tiffes. S'il la jouait fine il pourrait sortir, retrouver sa femme et son fils, et reprendre son travail de comptable sans histoires. Il songea à comment il avait atterri là. Tout était parti d'une question existentielle, c'était fou ! *C'est le cas de le dire*, pensa-t-il, amer.

Il entendit frapper et, avant qu'il ait le temps de réagir, la porte s'ouvrit. Une jolie blonde d'une trentaine d'années entra.

— Re-bonjour, je m'appelle Ninon… on s'est vus tout à l'heure dans la grande salle.

— Re-bonjour Ninon, je suis…

— … Rémi, je sais, le coupa-t-elle en souriant. Bienvenue chez les fous. Tu vas voir, au début c'est un peu dur mais on s'y fait assez vite.

Rémi se demanda si elle était l'un des deux membres de l'équipe soignante dont avait parlé le Docteur Tiffes, il la regarda attentivement, essayant de trouver un indice sans savoir quoi chercher. Il ne savait pas quoi lui dire, et finit par lâcher :

— Les fous ?

La jeune femme réagit comme si elle avait été prise en faute.

— Oh non, c'est pas ce que je voulais dire ! se récria-t-elle. C'est une façon de parler… et je t'assure que je m'inclus dans le lot ! Nous sommes tous atteints d'un trouble du comportement sensitif, ici, c'est ce que dit le Docteur Tiffes. Mais on se soigne ! ajouta-t-elle avec enthousiasme.

Rémi n'était pas prêt à jouer le jeu du malade, et

céder aussi facilement n'aurait pas été crédible, de toutes façons.

— Je ne suis pas malade ! protesta-t-il en se levant d'un bond.

Ninon ne fut pas surprise.

— Oh, tu sais, on disait tous ça au début. Si tu m'avais vue quand je suis arrivée… je pensais que j'étais parfaitement normale et que les fous, c'étaient les autres ! gloussa-t-elle.

Son regard se perdit dans le grand miroir derrière Rémi, qui comprit qu'il était inutile de la convaincre de sa santé mentale.

— Tu es là depuis quand ?

— Six mois et dix jours. Et en rémission depuis une semaine, ajouta-t-elle avec une certaine fierté.

— Et comment es-tu arrivée ici ?

— Oh, j'avais des épisodes délirants en public. Ma famille me suppliait de me faire soigner, mais je refusais toujours, je ne me pensais pas malade. Finalement elle a demandé mon internement d'office ici après avoir vu une émission du docteur Tiffes sur le téléposte.

Rémi ne réagit pas, espérant qu'elle en dirait plus.

Si c'est un agent de l'équipe elle finira bien par se trahir, pensa-t-il. Ninon continua son histoire avec un grand sourire.

— Et c'est la meilleure chose qui me soit arrivée ! J'ai l'impression de revivre, de faire à nouveau partie de la communauté ! Tu verras, ça t'arrivera aussi, lui dit-elle en lui posant la main sur le bras.

Il frissonna. Il n'avait pas envie que « ça » lui arrive, il voulait juste rentrer chez lui. Ninon fit un petit bond enjoué et changea brusquement de sujet.

— En fait, je venais te chercher pour t'emmener à la cafétéria. C'est l'heure de manger… tu viens ?

Rémi la suivit dans le long couloir en direction de la grande salle. L'impression d'être observé s'estompa et il osa une autre question.

— Alors, tu n'as pas été arrêtée ?

Ninon parut surprise.

— Arrêtée ?

— Par la police. C'est pour ça que je suis là : j'ai été arrêté et on m'a transféré ici.

— Tu as du faire une sacrée crise délirante, dis-moi ! s'esclaffa-t-elle.

Rémi ne sut pas quoi répondre, mais Ninon ne semblait pas vouloir en savoir plus.

— On est tous soit dans ta situation, soit dans la mienne. Certains ont été arrêtés et d'autres internés à la demande de leur famille. Mais je ne t'en dis pas plus, ils t'en parleront s'ils le veulent bien... nous devons respecter les sentiments des autres et ne pas les brusquer, pontifia-t-elle.

Une fois dans la grande salle Ninon se dirigea vers la porte sur sa gauche. La cafétéria était petite et bien éclairée par deux grandes fenêtres sans ouverture. Ses camarades, comme les avait appelés le psychiatre, étaient installés confortablement sur deux grands canapés en vis à vis, leurs plateaux repas posés sur la table basse devant eux. Au bout de la pièce, un buffet était dressé sur une longue table, et un téléposte accroché au mur serinait une émission de variétés.

Ninon se servit et alla se joindre au petit groupe. Rémi suivit le mouvement et fut accueilli avec les mêmes sourires béats que le matin même. Après avoir salué tout le monde poliment il commença à manger en silence.

Pendant un moment, personne ne parla, les camarades étaient tous absorbés par les images diffusées sur le téléposte, mangeant machinalement sans vraiment regarder leurs assiettes. Rémi avait oublié à quel point ces émissions de variétés lui tapaient sur les nerfs. S'il y avait une chose qui ne lui avait pas du tout manqué pendant sa détention au commissariat c'était bien le téléposte et son cortège d'émissions aussi médiocres que moralisatrices. Il se concentra sur son repas pour ne pas voir le chanteur pieds-nus qui se trémoussait à l'écran mais n'échappa pas à la chanson entêtante qui envahissait la pièce.

*Ma colère n'est pas amnésique,
ma colère n'est pas naïve,
ma colère combat toutes les haines,
ma colère est pleine d'espoir...**

Rémi sentait ses muscles se raidir à chaque nouvelle phrase musicale, l'un de ses camarades s'en aperçut et l'interpella.

— Tu n'aimes pas ce chanteur ?

C'était un homme sec, d'une quarantaine d'années aux cheveux grisonnants. Rémi leva les yeux vers lui sans rien dire, il se rappela les présentations du matin et reconnu Patrice.

— C'est le numéro un des ventes, il est génial ! Il n'a pas son pareil pour dénoncer ce qui ne va pas dans notre société, lança Ninon d'un air guilleret.

Elle se mit à chanter en choeur avec le téléposte en se trémoussant sur son siège, entraînant avec elle son voisin de gauche.

---

* Yannick Noah dans le texte

*Ma colère n'est pas un mensonge,
ma colère est pleine d'espoir,
ma colère n'est plus un songe,
quand tout leur rêve est un cauchemar.* *

Rémi, dont l'aversion pour cette chanson faisait oublier la retenue qu'il s'était promis d'avoir face à ses camarades et espions, osa une question sur un ton faussement naïf.

— Mais qu'est-ce qui ne va pas dans notre société ?

Patrice récita d'une voix passionnée une rengaine que tous connaissaient par coeur pour l'avoir entendue si souvent :

— L'individualisme galopant, la haine de la différence, et l'intolérance. Les gens ne s'investissent pas assez contre les discriminations, ou pour la planète ! (Il fit une pause, l'air pensif.) Mais surtout l'indifférence, je crois que c'est ça le pire !

Les camarades acquiescèrent en choeur tandis que la chanson n'en finissait pas

*Ma colère !
Car ma colère a tout l'honneur
de combattre la leur !* *

— Moi j'ai du mal avec ce chanteur, expliqua

---
* Yannick Noah dans le texte

Rémi qui ne voulait pas laisser le dernier mot à un Patrice exalté. Et puis, il ne lutte pas vraiment pour un monde meilleur, il vend des disques, c'est tout.

Des exclamations indignées fusèrent de toutes parts.

— Quoi ? Mais comment tu peux dire ça ? s'offusqua Willem en manquant de s'étouffer avec son morceau de pain.

— C'est pas croyable ! renchérit Benoît, outré.

— Tu ne le connais même pas ! aboya Patrice aussi furieux qu'il l'aurait été si Rémi l'avait frappé en plein visage.

— Et toi, tu le connais ? lui tint tête Rémi.

— J'en sais assez, oui ! Je sais qu'il est engagé, il l'a dit dans le téléposte ! Et en plus il a du talent, la preuve : il passe dans toutes les émissions !

— Quand même... t'abuses Rémi, lui fit remarquer Ninon pour appuyer le propos de Patrice. Pas plus tard qu'hier je l'ai entendu dans le poste qui appelait les gens à donner contre la pauvreté, alors tu vois... tu ne peux pas dire qu'il ne fait rien.

Rémi n'avait pas envie de se mettre tout le monde à dos dès le premier jour, il trouva une porte de sortie pour clore cette discussion surréaliste sans toutefois capituler.

— Et bien je n'aime pas ce qu'il fait, c'est une affaire de goût.

Il le regardèrent tous avec des yeux ronds, comme si l'idée qu'on puisse ne pas aimer le numéro un des ventes était impensable. *J'aurais mieux fait de me taire*, pensa Rémi en regardant son plateau. Il se remit à manger sans appétit, les regards inquisiteurs de ses camarades braqués sur lui. Finalement, ne supportant plus l'ambiance, il se leva.

— Je suis fatigué, je vais retourner dans ma chambre.

Tandis qu'il s'éloignait il entendit Ninon désamorcer la situation.

— Il vient d'arriver, il faut lui laisser du temps. Vous savez, il ne se croit même pas malade… il a du chemin à parcourir. Soyons indulgents !

Puis quelques murmures d'approbation.

Il faut surtout me ficher la paix, pensa Rémi. En s'engageant dans le long couloir il fut soulagé de ne plus entendre le téléposte de la cafétéria.

Le répit fut de courte durée : quand il ouvrit la porte de sa chambre il se rappela les règles que le thérapeute lui avait expliquées un peu plus tôt : il était treize heures passées, le téléposte était allumé. Rémi sentit ses muscles se raidir.

Pourquoi faut-il encore qu'on nous dise quoi faire, alors que nous ne sommes plus des enfants ?

Carnet de Rémi

9.

Quelques semaines s'étaient écoulées et Lilou avait enfin réussi à obtenir un rendez-vous avec le Docteur Tiffes. Assise dans la salle d'attente, elle regardait les différents magazines mis à disposition pour passer le temps ; de Modissime à Psychomag, le nom ou la photo du thérapeute figurait sur toutes les couvertures, que ce soit en pleine page ou en encart. Avant qu'elle pût en choisir un, le thérapeute ouvrit la porte de son cabinet et, après lui avoir serré la main, l'invita à entrer.

— Asseyez-vous, je vous en prie, dit-il d'une voix chaleureuse.

Dans le bureau-salon du thérapeute, Lilou prit place dans le fauteuil le plus proche, le même qu'occupait Rémi pendant ses séances de thérapie individuelle. Simon Tiffes referma la porte et vint s'asseoir à sa place habituelle, en face d'elle. Il la regarda avec intensité comme s'il sondait son esprit puis, ne semblant pas y parvenir, finit par lui demander directement :

— Que puis-je faire pour vous, madame ?

— Je suis Lilou Cardon, la femme d'un de vos patients, Rémi.

Il restait silencieux et semblait essayer de se souvenir, si bien que Lilou sentit le besoin de préciser.

— Rémi est incarcéré sous la tutelle conjointe de l'Autorité et de vous-même dans l'unité psychiatrique fermée de cet hôpital.

Le visage du thérapeute s'éclaira.

— Ah, oui ! Rémi Cardon... Oui, je vois. Et alors ? Dites-moi.

— Je suis sans nouvelle de lui depuis des semaines ! Personne ne m'a expliqué pourquoi il a été arrêté, ni pourquoi il est en hôpital psychiatrique. J'ai pensé que vous pourriez m'aider...

— Ah !

Le docteur Tiffes se redressa dans son fauteuil et la regarda dans les yeux avec gravité.

— Votre mari est très atteint, dit-il d'une voix compatissante qui trahissait une certaine excitation. C'est un cas exceptionnel. Je ne connais pas les motifs précis de son arrestation, j'ai seulement eu connaissance de ses écrits très factuels et sans aucune émotion sur un site dissident, écrits qui ont permis mon diagnostic et son intégration dans mon programme thérapeutique.

Il hésita, semblant essayer de se rappeler un nom.

— L'Ibis, L'Iris... non : Libris. Enfin, peu importe le nom.

— Mais, Docteur, qu'est-ce qu'il a exactement ? demanda Lilou innocemment.

Simon Tiffes adorait parler et ne se fit pas prier pour lui répondre, aussi avenant et jovial qu'il l'était dans le téléposte.

— Votre époux est un cas sévère de ce qu'on appelle dans notre jargon le Délire Sensitif d'Interprétation de Référence. Il cherche des explications logiques à toutes les choses auxquelles il est confronté, se pose des questions sur tout et en tire évidemment des conclusions erronées, ce qui a déclenché chez lui une paranoïa chronique. En périodes de stress, il peut être sujet à des bouffées délirantes aiguës pendant lesquelles il est dangereux pour lui même et pour son entourage.

Lilou était désolée, elle fondit en larmes.

— Je savais bien qu'il se posait des questions trop compliquées pour lui, surtout depuis la naissance de notre fils. Je lui ai souvent dit qu'il réfléchissait trop. Mais Docteur, je ne savais pas que c'était si grave !

— Les proches sont toujours les derniers à se rendre compte de la maladie vous savez, la rassura-t-il. Le sujet se replie sur lui-même et son délire, il ne parle presque plus à son entourage... vous ne pouviez pas le voir... il vous le cachait sciemment !

— C'est vrai qu'il était très secret ces derniers temps, Docteur... il me parlait de moins en moins. Je ne sais pas ce qu'il a dans la tête ! Il ne devrait pas réfléchir autant, l'Autorité est là pour régler les questions importantes qui nous dépassent. Il le sait, pourtant !

Simon Tiffes expliqua :

— Dans son délire, Rémi est persuadé qu'il vit dans une immense prison à ciel ouvert. Qu'il n'est libre de rien, si vous préférez... Il s'est forgé la conviction qu'il doit sortir de ce qu'il appelle son carcan. Il s'est persuadé que l'Autorité est son geôlier et que les membres de la société forment les barreaux de sa prison.

Au fur et à mesure que Simon Tiffes décryptait l'état d'esprit de son mari, Lilou sentait l'angoisse s'installer en elle. Son mari était complètement fou... elle songea qu'elle l'avait échappé belle : il aurait pu être violent avec elle ou pire, avec Eloïc ! Le thérapeute continua à dérouler le fil de ce qu'il appelait la malpensée de son mari.

— Seul son bonheur à lui compte, au mépris de

tous les membres de la société, envers lesquels il est évidemment totalement insensible. Pendant ses bouffées délirantes il dit refuser le Contrat Social, qui est pourtant le concept fondateur de notre système politique. Il affirme qu'il n'a jamais signé un tel contrat et qu'on lui le impose contre sa volonté.

— Mais il est cinglé ! bondit Lilou, surprise par la brutalité des propos rapportés par le psychiatre.

— Oh, je n'aime pas beaucoup ce terme… c'est très réducteur, fit Simon en l'enjoignant à se calmer d'un petit geste de la main. Il est malade, voilà tout… et je suis là pour le guérir.

— Mais tout de même, Docteur ! Refuser le Contrat Social, c'est de la folie… c'est ouvrir la boîte de Pandore ! C'est laisser le champ libre à l'individualisme sauvage, c'est la fin de l'entraide, de la solidarité et de la mixité sociale ! Et pourquoi ne pas renier la charte du vivre ensemble tant qu'il y est ? s'emporta Lilou, qui ne maîtrisait plus sa colère.

— J'en suis bien conscient, c'est une malpensée complètement délirante et aussi très dangereuse, d'où l'internement de votre époux.

Après avoir énuméré d'autres exemples de manifestations du délire de Rémi pour enfoncer le clou, Simon Tiffes se tut un moment pour laisser le temps à Lilou de digérer les informations qu'il venait de lui donner. Quand elle eût séché ses larmes il lui expliqua :

— Il faut bien que vous compreniez que ce n'est pas Rémi qui parle, mais sa maladie. Ce n'est pas Rémi qui malpense ces choses insensées, c'est la psychose engendrée par le délire qui s'exprime.

A l'énoncé du mot maladie, Lilou rougit, honteuse. Comment avait-elle pu s'emporter autant contre Rémi alors qu'il était malade et que ce n'était pas de sa faute ? N'avait-elle donc rien appris en stage de sensibilisation ? Les malades doivent être traités avec la plus grande commisération, et jamais blâmés. Elle se répéta silencieusement cette phrase plusieurs fois.

Le thérapeute continua ses explications et rassura longuement Lilou : il allait pouvoir soigner son mari avec une thérapie adaptée. Son travail consistait à lui rendre son Rémi d'avant, insouciant et heureux. Il était le meilleur dans son domaine, et même si son époux était très atteint, il y avait bon espoir.

— Il faut que vous soyez forte face à votre mari pour l'aider à retrouver toute sa lucidité. Votre fils et vous êtes la seule chose qui le relie au monde réel et qui l'empêche de sombrer totalement dans son délire.

Lilou songea qu'avec ce qu'elle venait d'entendre, il lui semblait qu'il était déjà complètement dans son délire, mais ne laissa rien paraître ; il était malade, il ne fallait pas l'accabler.

— Vous avez raison, Docteur. Je vais le soutenir, il me faut juste un peu de temps pour intégrer ces nouvelles, se moucha-t-elle.

L'entretien touchait à sa fin. Elle paya Simon Tiffes pour la séance – cent mondos par carte à puce, seul moyen de paiement légal – et tandis qu'il l'assurait qu'elle serait remboursée par la sécurité sociale, il la raccompagna vers la sortie.

— Soyez forte, dit-il chaleureusement en lui serrant longuement la main, et dites-vous bien que je ne suis pas seul à m'occuper de lui : je représente une institution, avec tout ce que ça implique. Votre époux est entre de bonnes mains, soyez-en sûre. Quand il sera prêt j'arrangerai un créneau pour que vous puissiez lui rendre visite.

— Merci pour tout, Docteur Tiffes. Prenez bien soin de lui.

— Faites-moi confiance !

Lilou était soulagée. Soulagée d'avoir enfin des réponses à ses questions. Soulagée que son mari soit pris en charge, et surtout soulagée de ne pas le voir tout de suite. Ça avait beau être le délire qui parlait à la place de Rémi, elle ne se sentait pas prête à entendre un discours aussi provocateur que celui rapporté par le thérapeute.

En s'éloignant de l'hôpital, elle ne le vit pas qui

tentait d'attirer son attention en frappant désespérément à la fenêtre de sa chambre du troisième étage, elle se dirigea vers la station de bus la plus proche pour rentrer chez elle, longeant en chemin des panneaux électoraux. Les affiches des trois différents candidats y prônaient toutes le changement, sauf celle du président de l'Autorité en place qui militait pour un nouvel élan. *Comment Rémi peut-il rejeter cette société si égalitaire, si juste, et dans laquelle chacun a le droit de s'exprimer ?* pensa Lilou.

Toute l'inquiétude qu'elle avait éprouvée pour son mari ces dernières semaines s'était, en l'espace d'une petite heure avec le Docteur Tiffes, muée en colère ; une colère honteuse, parce que dirigée contre un malade. *Je suis monstrueuse*, pensa-t-elle. Il lui fallut quelques heures pour la laisser retomber et quand elle fut calmée, elle appela Yann sur son télénum. Il attendait son appel et décrocha aussitôt.

— Lilou, comment s'est passé ton rendez-vous ? Tu as des nouvelles de Rémi ?

Elle lui résuma calmement son entretien avec Simon Tiffes et expliqua le délire d'interprétation de Rémi qui ne « pensait pas correctement ». Elle insista sur le fait que Rémi était malade, qu'on allait le soigner et qu'il allait aller mieux et redevenir « comme avant », mais avoua, le corps entier secoué de frissons :

— Je ne reconnais pas le monstre froid et insensible qu'est devenu mon mari.

Yann allait lui répondre mais il n'en eut pas le temps, la colère que Lilou avait jusque là réussi à contenir sortit en un flot continu :

— Il rejette totalement les fondements de notre société ! Il pense qu'il n'est pas libre ! Le docteur Tiffes m'a dit que lors de ses poussées délirantes il parle de ne plus aller voter et d'instruire Eloïc lui-même sans l'inscrire à l'école ! Il tient des propos moqueurs sur les gens de petite taille et sur les blondes ! Mais le pire, c'est qu'avant d'être arrêté il écrivait sur un site dissident !

— Un site dissident ?

— Oui, L'ibis, ou Libris, je ne sais plus très bien. Et puis on s'en fiche... Il est dangereux, Yann ! Imagine un peu les dégâts que peuvent faire de telles idées !

Yann n'imaginait pas. *Les idées ne font pas de dégâts,* pensa-t-il, *seuls les actes le peuvent*. Mais il se rappela qu'il n'avait pas toujours pensé ainsi.

Lilou était en roue libre :

— Imagine un peu... il aurait pu voter pour le parti de la haine, on se serait retrouvé en dictature !

Le parti de la haine était le nom communément donné au parti Mandarine, l'un des trois partis politique influents. En quatre-vingt ans d'existence il n'était jamais arrivé au pouvoir mais cette perspective terrifiait tout le monde et servait de repoussoir aux deux autres principaux partis. Yann tenta l'humour pour détendre la situation.

— Aucun danger puisqu'il ne veut plus voter, dit-il d'un ton sarcastique.

Il avait fait mouche. Lilou se tut un moment puis eut un petit rire stressé.

— Je suis désolée, je dois te paraître complètement hystérique.

C'était plus que ça. Le discours de Lilou avait eu sur Yann l'effet d'un coup de couteau en plein ventre, mais il n'en dit rien. Après ce qu'elle venait de dire, comment lui expliquer qu'il ne pensait pas Rémi malade ? Que non seulement il avait déjà une idée très précise des idées « délirantes » de Rémi grâce au carnet retrouvé dans son bureau il y a des semaines de cela, mais qu'en plus il y adhérait complètement ? S'il lui disait tout ça, au mieux elle lui tournerait le dos et il n'aurait plus moyen d'avoir des nouvelles de son meilleur ami, et au pire il se retrouverait, comme lui, chez les fous.

— Non, tu as été mise à rude épreuve ces dernières semaines, c'est le stress qui retombe, se contenta-t-il de dire. Tu devrais te reposer.

Mais Lilou n'y arrivait pas. Les idées de son mari l'avaient angoissée, et après avoir raccroché elle ne put s'empêcher de nettoyer compulsivement sa cuisine pour tenter de se calmer.

Yann aussi était angoissé. Pas par les idées de Rémi mais au contraire par l'accueil qui leur était réservé autour de lui. Il n'avait pas pu s'empêcher d'en partager certaines ; pas toutes bien sûr, il ne voulait pas finir à l'asile ; mais certaines, les plus anodines, les moins choquantes ; au début pour tester la réaction des gens, et puis parce qu'il était sûr qu'il avait raison et que ce qu'il pensait était valable, juste, et vrai. Ces idées suscitaient invariablement des réactions de rejet et les gens qu'il fréquentait avaient commencé à prendre leurs distances. L'idée qu'il ne serait plus jamais intellectuellement proche de quelqu'un commençait à le tourmenter. *A moins que Rémi sorte de l'hôpital*, pensa-t-il.

Assis devant son télénum fixe dans un coin de son salon il y brancha la clé SafePlug+ qu'il avait empruntée à Alex, puis le démarra.

Alex était un collègue de bureau. Considéré comme asocial par les autres parce qu'il ne prenait jamais de pauses-café, il était en fait aimable et – chose rare – avait le sens de l'humour. Yann avait découvert par hasard qu'il profitait de ces moments de pause où il se retrouvait seul pour regarder discrètement des sites pornographiques sur le réseau. Bien qu'handicapé (il avait le bras gauche atrophié suite à une paralysie congénitale du plexus brachial) et donc protégé de tout risque de licenciement, il s'était procuré sur le marché noir une clé SP+ qui lui permettait de le faire sans se faire repérer.

— Mais pourquoi utiliser un anonymiseur ? Tu danserais nu sur le bureau avec une plume dans l'cul qu'ils ne pourraient pas te virer, avait fait remarquer Yann en rigolant.

— J'ai ma dignité, avait répondu Alex, pince-sans-rire.

Voyant que Yann s'y intéressait il lui avait prêté sa clé, sans doute en pensant qu'il en ferait le même usage que lui.

— Tu peux la garder autant que tu veux, lui avait-il confié, j'en ai d'autres.

Puis, devant l'air ébahi de Yann, il avait ajouté avec un large sourire :

— Simple gestion des risques.

Pendant que son télénum démarrait en mode anonyme, l'attention de Yann se porta machinalement sur le téléposte. A l'écran, la présentatrice du journal télévisé faisait un point sur la campagne électorale en cours. Ses exhortations larmoyantes à voter pour le parti Rose-Thé[*] ou le parti Ocre-Rouge[*] pour faire barrage au parti Mandarine[*] agacèrent Yann. *Pourquoi nous dire tout ça si ce n'est pour nous faire peur et nous empêcher de raisonner ?* pensa-t-il. La présentatrice avait maintenant donné la parole à un expert politique de l'Autorité qui prédisait l'échec de la démocratie en cas de victoire du « parti de la Haine ».

Yann s'énerva devant le téléposte, répondant au personnage qui s'y agitait comme s'il était en chair et en os dans son salon.

— Et comment le résultat d'un vote démocratique pourrait-il être un échec de la démocratie ? Parce que le résultat ne te plaît pas ?

Il allait rajouter un « connard » bien senti quand il se rendit compte de l'absurdité de la situation. Il se leva pour éteindre le téléposte, qui refusa d'obéir. Alors il baissa le son au maximum, mais cela ne suffit pas à calmer sa colère ; l'homme apparaissait toujours à l'écran, s'agitant dans tous les sens comme un fou qui prédit l'apocalypse.

La publication d'une loi les y contraignant avait conduit les constructeurs à intégrer une fonctionnalité de service minimum à tous les télépostes : depuis que le vote était devenu obligatoire, les citoyens avaient le devoir de

---

[*] Nuances très similaires de rose-orangé

s'informer et, pour l'Autorité, s'informer allait au-delà de simplement regarder le journal téléposté : c'était aussi s'imprégner de l'ambiance du pays, d'où l'obligation de garder les postes allumés au moins quatre heures par jour.

Je n'aurais jamais cru maudire un jour une invention aussi géniale que l'électricité sans fil, pensa Yann qui, de rage, empoigna le téléposte à deux mains et le retourna sans ménagement contre le mur. Pour faire bonne mesure il attrapa le plaid sur son canapé et recouvrit l'écran avec, ce qui acheva d'étouffer le son. Soulagé, il retourna s'assoir devant son télénum fixe anonymisé. Son premier réflexe fut de retourner sur Libris. Quand Lilou avait prononcé ce nom il avait tout de suite tilté.

Les partis politiques portent tous les mêmes idées à quelques points de détail près, seuls le nom et la tête sur l'affiche changent, et c'est suffisant pour nous convaincre que nous avons le choix.

Carnet de Rémi

10.

Rémi essayait de faire semblant ; il tentait de faire croire à tous qu'il était parfaitement normal, ou en tout cas pas malade, comme ils le disaient tous sans arrêt. Mais ce n'était pas simple. Depuis son arrivée le téléposte allumé dix heures par jour agissait sur lui comme une torture mentale. Certes il avait le choix du canal et des émissions, mais à quoi bon ? Elles étaient toutes du même genre, prosélytes et moralisatrices à souhait. Tantôt il avait l'impression d'être un petit garçon à qui l'on fait la leçon, tantôt il était submergé par l'émotion devant des enfants en pleurs, des femmes mourantes ou des chatons écrasés, exhibés sans retenue pour mieux faire passer les slogans du vivre ensemble. Il ne pouvait pas baisser le son et c'est seulement à vingt-trois heures que le silence s'installait, le laissant enfin profiter d'un moment de calme après dix heures sans pouvoir penser autre chose, ou même ne rien penser du tout. Dix heures pendant lesquelles il avait entendu, en boucle, les mêmes propos absurdes, dix heures pendant lesquelles l'Autorité avait tenté de pénétrer son esprit pour le malaxer et le façonner à sa guise, dix heures pendant lesquelles il avait eu l'impression qu'on avait cherché à le rendre fou.

Faire semblant, pour sortir au plus vite de cet enfer, toute son attention était tournée vers ce but. Alors très vite il avait commencé à trouver des astuces pour tenir le coup. Depuis quelques semaines il se bouchait discrètement les oreilles avec un morceau de la mousse à mémoire de forme de son oreiller pour atténuer un peu le son du téléposte ; il n'en regardait plus directement les images mais une petite irrégularité qu'il avait repérée sur le mur, juste au-dessus du poste. De quoi donner le change face aux caméras espions, qu'il n'avait pas encore trouvées mais qui devaient forcément exister tant le docteur Tiffes semblait toujours savoir ce que Rémi faisait.

Assis sur le lit de sa chambre face au téléposte, Rémi se rappela ce qu'avait dit le psychiatre lors de leur premier entretien : « on ne peut pas feindre la raison ». *C'est sûrement vrai*, pensa-t-il, *mais ce n'est pas la raison que je tente de feindre ici pour pouvoir rentrer chez moi, c'est l'aliénation et l'aveuglement.*

Il entendit frapper et ôta ses bouchons d'oreilles de fortune d'un geste vif et discret avant de les glisser dans sa poche. Comme à chaque fois, ses visiteurs n'attendirent pas qu'il répondît pour ouvrir la porte, tout sourires. C'était Ninon et Benoît qui venaient lui « tenir compagnie ». *Ou m'espionner*, pensa Rémi. Il détestait cette manie qu'ils avaient tous de ne se déplacer qu'en groupe de deux ou plus et de ne jamais rester seuls plus de quelques minutes, et ça l'agaçait plus que tout qu'ils ne comprissent jamais qu'il voulait rester seul ; il y avait toujours des camarades de thérapie pour venir le déranger, ce qui l'obligeait à chaque fois à sortir de la bulle fragile qu'il avait réussi à se créer. Il les avait beaucoup observés mais n'avait pas réussi à identifier les deux taupes dont avait parlé le psychiatre ; ils tenaient tous le même discours aussi bien en thérapie de groupe qu'en dehors, et Rémi en venait parfois à se demander s'ils n'étaient pas tous des membres de l'équipe de Simon Tiffes.

Benoît, la petite vingtaine insouciante et une apparence d'enfant grassouillet, s'assit sur le lit vacant à côté de celui de Rémi et s'exclama avec enthousiasme :

— Oh, tu regardes *Une Famille Merveilleuse*, j'adore ce programme !

— Moi aussi, renchérit Ninon en s'asseyant à côté de lui. On le regarde ensemble ?

Rémi, qui savait d'expérience que la question était purement rhétorique, tourna la tête vers l'écran sans répondre. Il ne connaissait pas ce programme mais le générique en expliquait succinctement le principe : quatre familles étaient mises en compétition et notées sur la base de quatre critères : l'aptitude au vivre ensemble des enfants, les jouets mis à leur disposition, les activités de groupe et les repas. Après des critiques en règles d'un panel de spécialistes, la famille la plus merveilleuse était désignée et gagnait une récompense de mille mondos. Les autres repartaient avec des conseils et un lot de consolation conséquent.

— C'est la première fois que je regarde, avoua Rémi.

— Tu vas voir, c'est vraiment bien… et ils donnent plein de bons conseils, vanta Benoît. Toi qui as un enfant, ça va te profiter !

A l'écran les spécialistes inspectaient une chambre d'enfant d'un air hautain. « Il ne faut pas lui acheter que des poupées comme jouets » sermonnait l'un, « il y a trop de rose dans cette chambre » avertissait l'autre. La maman à l'écran se défendait mollement : « mais… c'est ce qu'elle me réclame. »

Ninon psalmodia en chœur avec le spécialiste dans le téléposte :

— Les enfants de trois ans ne savent pas ce qu'ils veulent !

Benoît, qui prenait visiblement l'émission très au sérieux, s'agitait sur le lit. Il renchérit :

— C'est bien vrai ! Il faut lui ouvrir le champ des possibles à cette enfant, sinon elle sera cantonnée à un seul rôle toute sa vie. Et il faut faire vite : tout se joue avant six ans ! Après, il sera trop tard… Ses parents sont criminels ! conclut-il, indigné.

Rémi pensa à son fils, et à Lilou qui suivait à la lettre les messages éducatifs qu'elle recevait régulièrement depuis la naissance du petit en lui achetant aussi bien des poupées que des camions ; il se souvint qu'Eloïc avait toujours délaissé les poupées au profit des engins de chantier. Il savait exprimer ses préférences.

Il ne put s'empêcher de confronter les certitudes de ses camarades à sa propre expérience :

— Qu'est-ce que vous en savez que les enfants ne savent pas ce qu'ils veulent ? Vous n'avez pas d'enfant…

— On le sait, c'est tout. Tout le monde le dit, lui répondit Ninon avec candeur.

Toujours la même logique, se dit Rémi, s*i tout le monde le dit c'est forcément vrai.* Il décida de les bousculer.

— Non, tout le monde ne le dit pas : moi, je ne le dis pas. Je dis qu'un enfant de cet âge sait très bien ce qu'il aime et ce qu'il n'aime pas.

— Mais toi tu es malade, ton avis n'est pas le bon, lui fit remarquer Benoît.

Rémi bouillait mais se força à répondre

calmement.

— Ce n'est pas un avis, c'est une observation que j'ai faite en regardant mon fils jouer. Il préfère les camions et ne veut pas des poupées.

— Ton fils essaye tout simplement de répondre à tes attentes, il les devance pour te faire plaisir, expliqua doctement Benoît, qui avait visiblement beaucoup regardé l'émission *Une famille Merveilleuse.*

— Mais je n'ai jamais rien attendu de mon fils concernant ses jouets, objecta Rémi.

— Bien sûr que si puisqu'il joue avec des camions, insista Benoît avec aplomb.

Il s'énervait et ses rondeurs faisaient des vaguelettes tandis que le matelas rebondissait sous son poids. Ninon s'interposa.

— Rémi, tu as forcément projeté tes attentes sur lui, inconsciemment. Sinon il jouerait aussi bien avec des poupées qu'avec des camions, c'est certain ! fit-elle remarquer pour appuyer les propos de Benoît.

Elle tendit le bras pour caresser son épaule, comme si elle le prenait en pitié, et ajouta d'une voix pleine de compassion :

— Il faut que tu prennes conscience de tes erreurs pour arrêter de faire du mal aux autres. Ton fils se sentira moins oppressé si tu n'attends rien de lui, tu sais.

A chaque discussion qu'il avait avec ses camarades Rémi se heurtait toujours à la même logique circulaire et à ce même refus de prendre en compte les arguments. Des larmes de frustration coulèrent le long de ses joues, que Ninon attribua sans doute à une prise de conscience, elle s'approcha pour le consoler.

— Ça va aller... tu vas voir. Tu viens de faire un grand pas. Tout va s'arranger... tu es là pour aller mieux, le rassura-t-elle en lui appuyant la tête contre ses cheveux blonds pour le bercer.

Si elle savait pensa Rémi, mais il ne dit rien ; Ninon ne manquerait pas de parler à tout le monde, et surtout au docteur Tiffes, et ça l'arrangeait bien. Les quelques larmes de Rémi en appelèrent d'autres et très vite il n'arriva plus à les contenir. Il profita de l'épaule et de l'affection que Ninon lui offrait et qui lui faisait tant défaut ces derniers temps pour pleurer à chaudes larmes en pensant à sa famille. Lilou, même s'ils s'étaient un peu éloignés ces derniers temps, lui manquait et Eloïc encore plus cruellement.

Quand il s'arrêta de pleurer, le téléposte diffusait une émission-louange dédiée aux travailleurs de l'ombre grâce auxquels « la société est toujours plus sûre, plus égalitaire et plus heureuse ». Forces de l'ordre assurant la sécurité des routes, agents de la manne publique levant les contributions pour la solidarité, animateurs du vivre ensemble insufflant de la vie dans les quartiers, chaque reportage rendait hommage à ces fonctionnaires de l'Autorité « sans qui régneraient le chaos et la pauvreté ». Rémi, qui, au bout de quelques semaines au régime-téléposte, commençait à connaître par coeur l'heure de diffusion de cette émission, calcula qu'il avait pleuré pendant plus d'une heure. Il prétexta le besoin de se rafraîchir un peu et demanda à Ninon et Benoît – toujours à ses côtés, les yeux rivés sur le téléposte – de le laisser seul. Absorbés par les images, ils attendirent la coupure publicitaire pour s'exécuter.

— Allez, courage... ça va aller de mieux en mieux maintenant, l'encouragèrent-ils, pleins d'empathie, avant de sortir de sa chambre.

Le premier réflexe de Rémi fut de remettre ses bouchons d'oreilles puis, après un bref passage dans la salle de bain attenante, il alla s'assoir devant le télénum fixe. Le compte qu'on avait créé pour lui était bridé et, comme à chaque fois qu'il l'utilisait, il lui rappela sa jeunesse, quand ses parents activaient le contrôle parental pour lui éviter de tomber sur des sites indésirables. *Mais c'étaient mes parents,* pensa Rémi, *et j'étais un gamin à l'époque.* A sa première connexion il ne lui avait fallu que quelques minutes pour s'apercevoir que ce compte était encore plus limité que celui de ses douze ans. Il ne pouvait que consulter des sites pour lesquels il n'avait aucun intérêt, pour la plupart les sites de l'Autorité, et il lui était impossible de faire ce qu'il aurait voulu faire par dessus tout : envoyer un message à Lilou, lui demander des nouvelles d'Eloïc et peut être même une photo. Comme il devait avoir grandi, changé ; peut-être commençait-il à faire des phrases ? Il ferma les yeux un instant. Il y a quelques semaines il arrivait sans problème à se souvenir de son visage mais plus le temps passait, plus il devait fournir des efforts pour arriver à visualiser ses yeux, son nez, son sourire, ses fossettes. Il était en train d'oublier son fils et se demanda tout à coup si son fils l'oubliait, lui aussi. Il aurait voulu pleurer mais les larmes ne vinrent pas.

Par réflexe il vérifia les sites autorisés à la consultation et vit que la liste s'était allongée. *Sûrement à cause de ma « prise de conscience » mais comment ont-ils su si vite ? Les caméras invisibles ? Ninon ? Benoît ?* Les sites ajoutés étaient ceux d'associations promouvant le vivre ensemble et l'éducation égalitaire et paritaire ; il n'eut pas le temps de les consulter, l'écran du télénum afficha une alerte l'informant que c'était l'heure de la thérapie de groupe. Rémi soupira, se leva et rejoignit d'un pas indolent ses camarades dans la grande salle.

Comme à chaque fois, il fut le dernier à prendre place dans le cercle, entre Ninon et le docteur Tiffes.

Il se fit la remarque d'essayer d'arriver plus tôt la prochaine fois pour voir si le fait qu'ils étaient toujours assis dans cet ordre particulier – une femme, un homme, une femme, un homme – était réfléchi ou dû au hasard, mais l'observation de Simon Tiffes leva ses doutes.

— Ah, nous sommes au complet... et à parité parfaite !

Le groupe s'en félicita de la même manière qu'il l'aurait fait s'il avait reçu une distinction pour un dur travail accompli, puis le psychiatre se tourna vers Rémi.

— Il me semble que vous avez fait un grand pas tout à l'heure, êtes-vous prêt à ouvrir notre réunion ?

Rémi le regarda un moment, puis déclina son offre.

— Ce n'est pas grave, ça viendra, encouragea-t-il de sa voix enrobante.

Il fit un signe de la tête à Ninon qui se leva promptement et déclama fièrement, le sourire aux lèvres :

— Bonjour. Je suis Ninon, je suis atteinte de délire sensitif, en rémission depuis quarante-deux jours.

Tous déclamèrent en choeur.

— Bonjour Ninon !

— Veux-tu nous parler de quelque chose en particulier, Ninon ? demanda Simon Tiffes.

— S'il le veut bien, j'aimerais parler de Rémi.

Elle se tourna vers lui et prit son absence de réaction pour un accord.

— Rémi a fait de gros progrès aujourd'hui, et je voulais le féliciter.

Tous applaudirent longuement ; le psychiatre se tourna vers Rémi.

— Rémi ? Vous voulez nous en dire plus ?

Rémi, les yeux rivés sur ses chaussures, ne savait pas quoi dire. Mais ce n'était pas grave, Ninon était tellement contente de ses progrès – ou était-ce de sa supposée force de persuasion ? – qu'elle s'empressa de répondre à sa place.

— Rémi s'est rendu compte qu'il avait un comportement oppressif avec son fils, que les attentes qu'il avait envers lui l'empêchaient de se réaliser. Sa prise de conscience a été un moment… (elle fit une pause dans son discours et lui posa une main affectueuse sur le bras) intense en émotions.

Le docteur Tiffes félicita Rémi.

— J'ai eu connaissance de votre révélation, en effet, c'est pour cela que je vous ai proposé d'ouvrir la séance. C'est dommage de rester timide sur vos progrès, Rémi, vous devriez en être fier ! Vous commencez à comprendre tout le mal que votre délire fait subir à votre entourage et votre réaction montre que vous voulez y remédier. C'est un grand pas vers la guérison.

Rémi aurait voulu hurler. Non, il n'avait jamais fait aucun mal à son fils ; non, il ne le forçait pas, même inconsciemment, à jouer avec des camions plutôt qu'avec des poupées ; et surtout non, il n'avait pas eu de prise de conscience parce qu'il n'y avait aucune prise de conscience à avoir. Mais il fallait se taire, profiter de cette aubaine : plus vite il donnait l'impression d'être guéri et plus vite il sortirait d'ici.

— Merci, osa-t-il, honteux.

— Maintenant que vous avez fait un pas vers nous, je peux vous le révéler : il n'y a aucun membre de l'équipe soignante parmi vos petits camarades. C'était une petite ruse de ma part destinée à vous mettre le pied à l'étrier, lui confia le thérapeute, une façon de vous forcer à vous conformer. Et voyez comme ça a été bénéfique ! Vous ne vous sentez pas libéré ?

Il donnait l'impression d'attendre des

remerciements que Rémi n'était pas prêt à lui accorder. *Il a menti et il se peut qu'il mente encore*, pensa-t-il en lui répondant avec la même malhonnêteté :

— Si.

La thérapie de groupe se poursuivit tranquillement, comme toutes les autres jusque là. A tour de rôle, les camarades se présentaient, nommaient leur maladie et parfois annonçaient la durée de leur rémission. Tous saluaient chaque petit exposé d'un « bonjour untel » scandé en choeur avant d'écouter presque religieusement les états d'âme des uns et des autres, livrés sous le contrôle psychologique constant de Simon Tiffes, qui canalisait les émotions et dirigeait les conversations.

Mais cette fois-ci, contrairement aux réunions précédentes, quelques-uns de ses camarades interpelèrent Rémi en le félicitant pour ses récents progrès, et tous vantèrent leurs améliorations personnelles en lui souhaitant de suivre leur chemin vers la guérison pour être aussi épanoui et heureux qu'eux.

Rémi aurait voulu pouvoir mettre ses bouchons d'oreilles.

Quelle que soit la nature d'un régime politique – monarchie, démocratie, dictature – chacun doit se plier à ses décisions, à ses contraintes et à ses lois. En cela notre démocratie n'a rien à voir avec la liberté qu'elle nous vante.

On n'est pas libre quand on ne décide de rien si ce n'est du nom de celui qui nous gouverne.

Carnet de Rémi

11.

Dans l'obscurité du salon de Yann, le téléposte était toujours recouvert du plaid à travers lequel la pâle lumière de l'écran – allumé, vu l'heure – perçait à peine. Il n'avait pas encore réussi à s'en débarrasser, sous-estimant la complexité de la tâche.

A l'entrée de la décharge publique, un panneau, que Yann n'avait pas pris la peine de lire et dont la mièvrerie de la typographie disputait à la dysorthographie, avait pourtant annoncé la couleur.

« Décharge publique réservé aux résidents de la ville d'Abscon/Turche. Les non-résidents ne sont pas autoriser à déposés leur déchet. Adresser-vous aux services compétants pour conaître votre point de décharge assignée. Veuiller annoncez au préposé la nature des déchet. Une preuve de panne iréparable est exiger pour les déchets numériques. Pour un téléposte, une preuve d'achat d'un appareil en remplacement est indispansable. »

Le préposé, un homme bourru dont le ventre dépassait largement de la ceinture était venu à sa rencontre en traînant les pieds.

— Z'habitez Abscon-sur-Turche ?

— Oui.

— Faut une preuve de domicile de moins d'un mois.

Par chance il en avait toujours une sur lui. L'homme, le souffle lourd, avait inspecté d'un air abruti le papier que lui tendait Yann et le lui avait rendu après une inspection interminable.

— Vous jetez quoi ?

— Mon téléposte. Il... heu, il ne fait plus l'affaire.

Ce n'était pas vraiment un mensonge, posséder un téléposte ne lui convenait plus, même s'il marchait encore parfaitement. Il espérait que cette formulation lui permettrait de s'en débarrasser en évitant de mentir – il avait cela en horreur. Tandis qu'il parlait au préposé, il était sorti de sa voiture pour ouvrir son coffre.

— Faut une preuve qu'il est foutu.

— Je vous le dis, il ne fait plus l'affaire.

— Suffit pas... faut une preuve.

L'intransigeance du préposé commençait à agacer

Yann. Les trente kilomètres de route jusqu'à la décharge, avec tous les dos-d'âne, chicanes, feux rouges et contrôles des forces de l'ordre que ça supposait, il ne voulait pas les avoir faits en vain. Il s'était retourné vers l'homme en tenant le téléposte à bout de bras.

Maintenant qu'il y repensait, il n'arrivait toujours pas à déterminer s'il avait fait exprès ou pas. Le poste lui avait échappé, tombant lourdement sur le bitume avec un bruit sourd, manquant de peu les pieds de l'homme bourru qui n'avait ni bougé, ni sursauté.

— Oh, quel maladroit je fais !

Yann s'était répandu en excuses et l'homme, imperturbable, s'était contenté de répéter :

— Faut une preuve qu'il est foutu.

La carcasse béante du téléposte, dont l'écran était curieusement intact, gisait par terre. Yann avait tenté de le convaincre.

— Mais vous voyez bien qu'il est cassé. Il ne marche pas, c'est sûr !

— Faut un papier qui l'prouve. Sinon j'prends pas.

Yann avait dû se résoudre à rentrer chez lui.

Tandis qu'il remettait le poste dans son coffre en maugréant, le préposé l'avait regardé d'un oeil morne par la vitre de sa loge d'accueil, s'assurant qu'il repartait bien avec.

Le soir même et malgré la chute, le poste s'était allumé à l'heure habituelle, presque normalement. Seul le son sautait une tonalité à intervalles irréguliers, donnant à la litanie de paroles creuses qu'il diffusait une note tragi-comique.

Hors de question de demander un certificat de non-réparabilité : il ne l'aurait pas. Le poste partirait au service après-vente, on lui présenterait la facture et il devrait repartir avec un poste de prêt le temps des réparations. Il ne serait pas plus avancé. Et si Yann laissait le poste dans la nature, comme on abandonne un cadavre après un meurtre, quelqu'un finirait par tomber dessus, son numéro de série électronique le trahirait et il écoperait tôt ou tard d'une lourde amende pour non-respect de l'environnement, en plus d'un stage de sensibilisation aux problématiques du développement durable. Garder le téléposte chez lui en le recouvrant d'un plaid était la seule solution qu'il avait trouvée pour le moment.

Depuis quelques semaines il passait le plus clair de son temps libre devant l'écran de son télénum fixe. Il ne pouvait plus se passer de son anonymiseur, s'en servant principalement pour consulter Libris. Ce site, sur lequel il était tombé par hasard en recherchant des informations sur la loi anti-terroriste et dont il avait appris plus tard au détour d'une conversation avec Lilou que Rémi y avait ses habitudes, était un espace de liberté qu'il n'avait jamais imaginé possible. Les articles qu'on pouvait y lire étaient rafraîchissants de franchise, tous écrits par des gens qui partageaient sa vision des choses sur bien des points mais surtout, qui ne pensaient pas comme tout le monde. Les émotions n'avaient pas leur place sur Libris, seules comptaient la raison et la logique.

Sur le forum de discussion dédié, il pouvait exposer le fond de sa pensée sans jamais qu'on l'accuse d'être méchant, insensible, intolérant, ou individualiste comme le faisait son entourage dès qu'il oubliait un peu de s'autocensurer. Au contraire, ses idées étaient partagées, appréciées, valorisées.

Sa première intervention avait été timide malgré l'assurance nouvelle que lui procurait l'utilisation de l'anonymiseur :

— Bonjour à tous, c'est en lisant le manuscrit d'un ami il y a quelques mois que j'ai pris conscience que l'Autorité prend trop de place dans nos vies. J'espère trouver ici des gens qui partagent mes idées.

Cette simple opinion qu'il avait déjà émise autour de lui à plusieurs occasions avait toujours reçu un accueil incrédule mêlé d'agressivité. Il revoyait sa collègue Jeanne, qui lui avait répondu doctement, ses grands gestes manquant de renverser le café de son gobelet recyclable.

— Encore heureux qu'elle prend de la place dans nos vie... il ne manquerait plus qu'elle ne s'occupe pas de nous ! Avec tous ce qu'on verse en allocations, c'est le minimum !

Il avait tenté de lui expliquer qu'une baisse des cotisations serait une possibilité à envisager. Sans succès. Elle avait avait rétorqué avec véhémence :

— Ah, quelle idée ! Et comment feraient les gens sans l'Autorité, hein, si personne ne paie les cotisations ? Qui mettrait de côté pour leur retraite ? Tu es vraiment égoïste, toi, hein ! Tu ne penses qu'à ton compte en banque ! Et les autres, dans tout ça ? Il faut penser aux autres...

Et elle était retournée à son bureau en grommelant, atterrée :

— Non mais quel égoïsme... tu me donnes la nausée !

Sur le forum de Libris, la réaction avait été tout autre :

— Bienvenue sur le forum ! Et encore, l'année prochaine les cotisations sociales vont passer de 65 % à 65,8 % des revenus. Il va falloir encore se serrer la ceinture... avait répondu un participant du nom d'Atome.

Un autre, qui se faisait appeler Fennec, avait renchéri :

— Et ce ne sont pas les prochaines élections qui vont changer la tendance : les trois partis majoritaires prônent tous la même politique...

Un troisième, Jared, avait ajouté :

— Quand on pense qu'il y a cinquante ans à peine, les cotisations représentaient seulement 45 % des revenus...

Très vite on avait décelé son potentiel et des membres éminents de la communauté lui avaient demandé de contribuer à Libris, d'y écrire des articles. Au fil des mois, Cobalt – le pseudonyme qu'il s'était choisi – était devenu un membre reconnu de Libris, qu'il commençait à considérer comme une famille de substitution. Une famille qu'il aurait choisie, une famille qu'il allait bientôt rencontrer en chair et en os, étant invité au prochain dîner annuel.

Paradoxalement, ce petit espace de liberté d'expression lui avait surtout ouvert les yeux sur l'absurde tyrannie du monde réel. Yann se rendait compte, par comparaison, à quel point chacun surveillait, dénonçait, jugeait et censurait sans cesse.

Il y a cinquante ans, le politiquement correct –

terme désignant la manie qu'avaient les hommes politiques d'utiliser des mots choisis avec soin pour n'offenser aucune minorité – était la norme, mais depuis, on avait été encore plus loin et le socialement correct était né ; et ce n'était plus seulement la classe politique qui y avait recours par calcul électoral : chaque membre de la société s'y astreignait en permanence.

Personne ne devait être stigmatisé, personne ne devait risquer d'être offensé, il ne fallait jamais choquer, jamais différencier, jamais trancher. Ce conformisme achevé ne se retrouvait pas seulement dans le langage, il concernait aussi les attitudes, les actes et les intentions. Grâce aux réseaux sociaux, chaque citoyen avait les moyens de rappeler ce devoir de conformisme absolu à qui de droit, au point qu'une seule remarque bien ciblée sur un réseau social pouvait influer sur la politique marketing d'une grande entreprise. Au nom du respect envers les autres, on en était arrivé à nier l'individu, sa spontanéité, et son libre arbitre.

Une cigarette ?

Mais pensez à l'odeur qui incommodera à coup sûr les gens autour de vous à dix mètres à la ronde ! Pensez que vous ne pouvez pas fumer et conduire en même temps en toute sécurité, votre attention ne sera pas entièrement focalisée sur la route ! Pensez aux dépenses de santé publique qui ne manqueront pas d'augmenter par votre faute ! Pensez aux enfants qui risquent la mort à cause du tabagisme passif !

Vous êtes membre du parti Mandarine ?

Mais vous êtes une menace pour la démocratie, une honte pour la société ! Vous êtes raciste et méchant !

Vous désapprouvez l'avortement ?

Mais rendez-vous compte que vous opprimez toutes les femmes ! Mais vous niez la liberté de choix !

Sur chaque sujet il n'y avait qu'une seule ligne de conduite socialement correcte, des phrases toutes faites à sortir sans réfléchir, et il fallait s'y tenir au risque d'être stigmatisé.

Comment ça, il ne faut pas stigmatiser ? Oui, mais là, ce n'est pas pareil !

Mes contemporains, loin de questionner l'idée même du fichage, demandent à l'Autorité de le faire avec plus d'exactitude encore. Ils sont comme des têtes de bétail qui, occultant la finalité de leur existence, militent pour être bagués, qui en rose, qui en vert, qui en bleu... mais bagués tout de même, au nom de la dignité !

Carnet de Rémi

12.

Pour la première fois depuis longtemps, Rémi avait le coeur léger. Il allait enfin revoir Lilou. Le docteur Tiffes le lui avait annoncé quelques jours auparavant.

La thérapie individuelle avait toujours été une épreuve pour Rémi et cette annonce faite lors de la dernière séance l'avait surpris, lui qui n'en attendait plus rien. Depuis son internement d'office, chaque séance individuelle se déroulait de la même manière que la précédente, laissant Rémi toujours un peu plus désarmé, un peu plus révolté. Celle qui avait tout déclenché n'avait pas débuté différemment des autres ; il s'était installé dans le même fauteuil club en cuir, un cuir – d'après le thérapeute qui n'était jamais à cours d'explications sur tous les sujets – végétal et tanné à la main, un cuir respectueux de l'environnement ; le docteur Tiffes, toujours d'humeur joviale, avait pris place en face de lui, bombé le torse, et lancé d'un air bonhomme :

— Alors, vous êtes-vous enfin décidé à faire partie intégrante de notre société ?

La réponse de Rémi avait été la même qu'à

chaque fois, mais son exaspération était palpable :

— Mais je fais partie intégrante de la société ! Je n'ai jamais dit le contraire... jamais.

Le thérapeute avait dodeliné de la tête d'un air entendu, s'était appuyé sur son dossier et avait lancé :

— Oui, oui, j'entends bien ce que vous me dites... mais vous pensez pouvoir vous passer des autres... c'est là le coeur de votre problème, et je suis là pour vous aider. Il ne faut pas avoir peur de l'autre, il faut l'accueillir à bras ouvert, vous savez. Avez-vous réfléchi à cela ?

— Je n'ai jamais dit que je voulais vivre en autarcie... Je suis tout à fait conscient que j'ai besoin de contacts sociaux.

— Oui, bien sûr, mais reconnaissez que quelque chose ne va pas dans votre raisonnement... sinon comment expliquez-vous votre présence ici ? C'est bien que quelque chose cloche, allons !

— C'est à vous de m'expliquer mon internement. Moi, je ne demande qu'à rentrer chez moi.

— Vous savez très bien pourquoi vous êtes là, il est évident que vous ne faites aucun effort pour guérir. Il vous faut accepter que vous faites partie de la société, que vous êtes à son service... or vous

vous y refusez.

— Mais puisque je vous dis que je sais très bien que je vis dans un monde social ! Je critique simplement certains aspects de la société actuelle, qui n'est malheureusement pas au service de l'individu.

Une colère froide s'était alors emparée de Simon Tiffes, et son discours avait frappé Rémi d'autant plus qu'il l'avait prononcé tout bas, chuchotant presque, mais martelant chaque mot :

— Vous êtes dans le déni, Rémi. C'est très mauvais. Ouvrez les yeux sur votre état et arrêtez de délirer, parce que si vous continuez avec vos sophismes débilitants, si vous me reparlez d'individu, alors vous retournerez en prison ; c'est encore le seul endroit qui vaille pour les gens comme vous. Remettre en cause l'Autorité et le fonctionnement de notre société est une hérésie. Une pure hérésie, vous entendez ! Vous n'êtes pas idiot, Rémi, vous connaissez parfaitement les conséquences de votre discours, cela revient à prôner un monde sans oxygène... vous cherchez à tuer vos semblables, rien de moins ! Notre société est indispensable et nous nous devons d'être constamment à son service, pour le bien de tous. De tous, entendez-vous ? Il ne s'agit pas que de votre petite personne, de votre petit confort... Vos caprices sont criminels, ce sont des tumeurs qu'il faut éradiquer à tout prix, et j'y mettrai les moyens qu'il faut.

Le brusque changement de personnalité du thérapeute avait glacé Rémi. Si les paroles enrobantes de Simon Tiffes l'avaient jusque là bercé dans l'illusion qu'il pourrait peut-être un jour sortir de ce cauchemar, il avait pris conscience, à cet instant, qu'il n'y avait pas d'issue possible ; alors il s'était fermé, se contentant d'ânonner quelques phrases qui paraissaient plaire au psychiatre mais qu'il ne pensait pas, espérant ainsi garder une prise sur sa vie en éloignant la menace de la prison.

A la séance suivante, le Docteur Tiffes avait changé de discours. Sa jovialité habituelle avait cédé la place à une gravité plaintive.

— Vous stagnez dans votre thérapie, Rémi. Vous ne faites aucun progrès... Pourquoi ?

— Mais je fais tout ce qui est demandé. Je regarde le téléposte, je participe aux ateliers, je passe du temps avec mes camarades...

— Vous n'êtes pas pro-actif ! Vous ne vous investissez pas dans la thérapie, vous n'engagez pas la discussion avec vos camarades... vous vous contentez d'être là, sans plus... Tenez, vous refusez toujours d'admettre que vous êtes malade.

Rémi l'avait regardé, incrédule. A quoi bon lui répondre ? Il n'écoutait pas.

— Vos camarades sont très tristes vous savez, et très préoccupés par votre état. Il se démènent comme des diables pour vous aider… vous devriez faire des efforts pour leur faire plaisir !

Rémi n'avait plus rien dit. Il s'était contenté de fixer, sur le mur derrière le thérapeute, une sorte de bulle d'air qui s'était formée sous le papier peint coquille d'oeuf (le thérapeute lui avait fait un exposé complet sur la couleur subtile du revêtement mural). Elle avait une forme ovale… ou de goutte.

Il avait entendu Simon Tiffes ronronner en bruit de fond tandis que ses yeux faisaient le point sur la bulle derrière lui. Le motif floral embossé sur le papier rendait la bulle difficilement lisible. Un petit nuage, peut-être… ou un rond tout bête… C'est quand le Docteur Tiffes avait prononcé le nom de Lilou que Rémi s'était arraché à son inspection minutieuse. Le thérapeute avait encore changé d'intonation, il s'était assis sur le bord de son fauteuil, légèrement penché en avant, et parlait à voix basse comme s'il avait eu pitié de lui.

— J'ai organisé une rencontre avec votre femme. Je pense que cela ne pourra que vous aider à remettre les choses en perspective.

Le visage de Rémi s'était éclairé. Voir sa femme, c'était aussi l'occasion d'avoir des nouvelles de son fils. Il avait du mal à y croire.

— Vous m'autorisez à voir ma femme ?

— Oui. Je pense que lui parler vous fera le plus grand bien. Il faut créer un déclic, et je pense que ça peut marcher.

Peu importait pour Rémi les raisons exactes du thérapeute. Assis dans le fauteuil en cuir du bureau du Docteur Tiffes, il attendait Lilou. Il avait passé la journée à imaginer les retrouvailles, elle le prendrait dans ses bras, l'embrasserait longuement. Il lui dirait qu'elle lui avait manqué, qu'il fallait qu'elle l'aide à sortir de là, qu'il n'avait rien à y faire. Et tout s'arrangerait enfin. Lilou n'adhèrerait jamais à ses idées de liberté mais elle était sans doute assez sensée pour faire la part des choses entre des idées et la folie. C'était sa femme, elle le connaissait bien et elle l'aimait. Et puis il y avait Eloïc.

Quand il entendit la porte s'ouvrir il se leva d'un bond et alla à sa rencontre. Lilou n'avait pas changé, elle était toujours aussi belle, mais le sourire de ses souvenirs avait disparu. Elle n'alla pas vers Rémi et, comme il avait fait quelques pas vers elle et allait la prendre dans ses bras, elle se raidit, se déroba et se contenta de lui faire la bise.

— Asseyons-nous, dit-elle. Il faut qu'on parle.

Rémi eu l'impression qu'elle lui avait jeté un seau d'eau froide à la figure, mais il rationalisa. *Elle a sûrement eu droit au discours du Docteur Tiffes et elle est inquiète, c'est normal.* Il retourna s'asseoir, tandis que Lilou prenait place en face de lui.

— Je suis content de te voir, si tu savais. Tu m'as tellement manquée. Et Eloïc, comment va-t-il ?

Lilou sembla se radoucir un peu, elle esquissa un sourire.

— Il va bien, il est rentré à l'école il y a un mois. Si tu le voyais, avec son petit cartable…

— Et il s'adapte bien ? Comment sont les professeurs ?

— Oh, il est intimidé, bien sûr. Tu sais, les classes de trente élèves, ce n'est facile pour personne, mais il s'y fait. Il était si fier de signer la charte du vivre ensemble, si tu avais vu !

Rémi avait redouté cette rentrée des classes et s'en voulait de ne pas avoir été présent pour son fils. Lilou fouilla dans son sac à main et en sortit un papier qu'elle lui tendit.

— Il a fait ce dessin.

Comme Rémi le regardait, perplexe, Lilou expliqua.

— C'est toi, avec le docteur Tiffes. Son professeur lui a soufflé l'idée.

Sur le dessin, Rémi était minuscule à côté du docteur qui occupait une grande partie de la feuille de papier et avait la tête surmontée d'une sorte de halo.

— Son professeur sait que je suis interné ?

— Oui, bien sûr, dit Lilou en souriant. C'est lui qui a tout expliqué à Eloïc. Je ne m'en sentais pas la force... je ne savais pas comment lui dire. Tu sais, le professeur a su trouver les mots... il faut dire qu'ils sont formés pour expliquer les choses aux enfants sans inculquer de préjugés négatifs.

Rémi était sidéré. Lilou s'était toujours laissé vivre, préférant qu'on prenne les décisions à sa place, mais il n'imaginait pas que c'était à ce point là.

— Comment Eloïc l'a-t-il pris ?

— Oh, tu sais, il se souvient à peine de toi. Je pense que c'est mieux pour lui. Comme ça il n'est pas trop triste. Je ne veux plus qu'il soit triste comme les jours qui ont suivi ton arrestation.

Rémi sentit son coeur se serrer dans sa poitrine mais il se ressaisit. Convaincre Lilou, voilà ce qu'il fallait faire, c'était sa seule chance de sortir d'ici. Il s'assit sur le bord de son fauteuil et la regarda dans les yeux.

— Lilou, il faut que tu saches, je ne suis pas

malade. Je n'ai aucune raison d'être interné ici.

Elle avait l'air désolé.

— Le docteur disait bien que tu me dirais ça. Rémi, il faut que tu te rendes compte ! C'est grave, tu sais… tu souffres d'un délire et il faut absolument te soigner !

— Je suis interné pour mes idées, mais ce sont juste des idées ! Je n'ai rien fait de répréhensible. Oui, j'ai fumé dans un parc et taillé ma haie un dimanche… mais on n'enferme pas les gens pour ça…

— Oh, Rémi, tu ne te rends pas compte… ce n'est pas que ça… c'est une somme de tout plein de délits. Et puis, tu as écrit sur un site dissident !

Rémi se rassit au fond de son fauteuil.

— Ah... On t'en a parlé... As-tu été voir ce site ? As-tu lu ce que j'y ai écrit ?

Lilou était agitée :

— Tu penses bien que non ! Enfin Rémi, un site qui critique l'Autorité ! Un site qui prône la haine !

— Comment sais-tu ce qu'il prône si tu n'as pas été voir ?

— Mais... il est sur la liste noire des sites de l'Autorité... il prône forcément la haine ! Je n'ai pas besoin d'aller le lire pour le savoir, enfin... !

Sa voix devint plaintive, elle pleurait presque.

— Comment as-tu pu devenir aussi méchant, aussi égoïste ? Je ne te reconnais plus !

Il s'agenouilla devant elle et sentit la main de Lilou se raidir sur l'accoudoir du fauteuil tandis qu'il la couvrait de la sienne. Il aurait voulu saisir ses épaules et la secouer, lui dire de se réveiller, d'ouvrir les yeux, mais il savait que cela n'aurait servi à rien. Alors, malgré sa frustration, il lui parla doucement, amoureusement.

— Je n'ai pas changé, Lilou. Je t'aime, et j'aime Eloïc... de tout mon coeur. A la naissance de notre fils, j'ai pris conscience que le monde dans lequel nous vivons est trop intrusif et ne nous permet pas de faire nos propres choix.

Elle libéra sa main et la posa sur ses genoux.

— Le monde est très bien tel qu'il est, c'est toi qui as un problème. Tu ne dois pas aller sur des sites dissidents, c'est tout. Il faut que tu arrêtes, que tu redeviennes gentil comme avant. Pourquoi tu ne fais aucun effort ?

— J'ai été sur ces sites pour comprendre, pour

m'informer. Rien de plus… Ce ne sont que des textes, des opinions. Je n'ai rien fait de mal…

— Oh que si ! Les opinons peuvent être discriminantes, elles peuvent être sexistes ou écolophobes. Arrête d'utiliser ce mot pour justifier ton égoïsme… ce ne sont pas des opinions, c'est une rationalisation de la haine ! A ton âge, tu devrais le savoir… c'est la première chose qu'Eloïc a apprise aux Jeunesses Citoyennes !

Cette fois c'est Rémi qui se raidit. Il se leva et, pour essayer de se calmer, fit quelques pas jusqu'à la fenêtre double vitrage dont les battants étaient irrémédiablement scellés ; pendant un bref instant il aurait voulu les arracher et sauter ; fuir cette aliénation à tout prix. Dehors, la neige tombait à gros flocons sur la ville ; chaque année, il faisait plus froid que la précédente, signe évident que le réchauffement climatique s'accélérait selon les médias. Au bout de quelques minutes, Rémi finit par souffler :

— Tu as inscrit notre fils aux Jeunesses Citoyennes ? Il n'a que trois ans, je ne voulais pas qu'il y aille. Pas si jeune.

— Elles sont gratuites, ça revient bien moins cher que la garderie. Et puis le psy scolaire a dit qu'il fallait absolument le socialiser, que ça l'aiderait à s'intégrer.

Elle n'avait pas totalement tort. Il ne voulait pas qu'Eloïc se retrouve seul et à la marge, comme lui en ce moment. Il ne l'aurait souhaité à personne. Lilou se justifia encore.

— Et puis, tu sais, ce n'est pas simple pour moi. Heureusement que la loi oblige ton employeur à nous verser ton salaire pendant ton arrêt maladie, sinon avec mon seul salaire je ne sais pas comment je pourrais payer les contributions sociales. Mettre Eloïc aux Jeunesses Citoyennes, c'est ce qu'il y a de plus facile, et comme on dit, « la solution la plus facile est toujours la meilleure ».

Il avait toujours trouvé cet adage complètement idiot, une phrase juste bonne pour s'acheter une conscience en faisant le minimum d'efforts, mais Lilou marquait encore un point : il n'était pas là et elle devait gérer seule l'intendance. Il ne voulait pas l'accabler, ce n'était pas parce qu'elle n'avait pas conscience d'être écrasée sous le poids de l'Autorité qu'elle ne l'était pas pour autant ; les contributions sociales avaient encore augmenté il y a peu, même avec ses bouchons d'oreilles le nouveau taux de 65,8 % ne lui avait pas échappé.

Par la fenêtre, il aperçut des enfants jouant dans le parc enneigé de l'hôpital. Il ferma les yeux pour imaginer Eloïc riant à gorge déployée en faisant un bonhomme de neige avec ses copains. Au bout de quelques minutes il s'arracha à sa rêverie et la vue des enfants dans le parc en contrebas lui fut insoutenable. Il retourna s'asseoir dans le fauteuil en face de Lilou qui n'avait pas cessé de gémir.

— … il faut que tu guérisses, Rémi. Il faut que tu fasses ce qu'il faut pour aller mieux… pour moi… et pour Eloïc.

Rémi était à bout. Même sa femme le croyait malade, l'espoir qu'elle l'aiderait à sortir de là s'était envolé. Se pouvait-il qu'il ait tort contre tous ? Qu'il soit vraiment malade ? Il n'y croyait pas une seconde, mais il était las de se battre. S'ils voulaient qu'il soit malade, s'ils voulaient l'entendre le dire, et bien il allait leur donner satisfaction… et alors peut-être lui ficheraient-ils la paix.

— Tu as raison, Lilou, chuchota-t-il, je m'en rends compte maintenant. Je suis malade.

« C'est le peuple qui décide », on a trouvé avec cette formule magique le moyen de donner à nos dirigeants – élus pré-sélectionnées par l'Autorité – le pouvoir en même temps que la légitimité.

Ce n'est pas vrai que le peuple décide, mais c'est ce que nous avons appris à croire. Et cette croyance empêche toute forme de rébellion : parce qu'elle irait de facto à l'encontre de la démocratie, aucune contestation ne sera jamais perçue comme légitime. Elle pourra donc être réprimée par tous les moyens, et avec l'assentiment du peuple.

Carnet de Rémi

13.

A l'issue d'un parcours digne d'une chasse aux trésor, Yann sonna à la porte du lieu de rendez-vous fixé par les membres de Libris.

Ils avaient distillé les informations nécessaires pour trouver le point de rendez-vous comme l'auraient fait de vrais terroristes. Sans doute à raison, se dit Yann en pensant à Rémi. Il avait dû aller déchiffrer la gravure sur le banc en face du grand saule pleureur dans le parc de la Démocratie de la capitale pour avoir le numéro de la rue. On lui avait envoyé quelques jours plus tard un message pour lui indiquer où en trouver le nom : il s'agissait du troisième mot de la cinq-cent dix-huitième entrée du forum. Pour finir, il avait reçu un message anonyme sur son télénum le matin de la rencontre. « Appartement sept, vingt heures ».

La porte s'ouvrit sur un jeune homme souriant d'une trentaine d'années en costume élégant. Son allure soignée contrastait avec le gobelet en plastique recyclable rempli d'un liquide indéfini qu'il tenait négligemment.

— Salut. Cobalt, je présume ?

— Oui, répondit Yann, un peu surpris.

— Je suis Fennec. Entre, entre. On est tous là.

Il le guida dans un petit salon où une dizaine de personnes discutaient entre elles. Fennec annonça à la cantonade :

— Les amis, voici Cobalt.

Tous le regardèrent, se levèrent et vinrent le saluer, chacun y allant de son petit compliment.

— J'ai lu tous tes articles, lui fit Atome. Je suis impressionné par tes analyses.

— Content d'enfin te rencontrer, souffla Jared en lui serrant la main.

Une blonde un peu boulotte à l'air pincé lui fit la bise. Charlotte, se présenta-t-elle. Yann avait remarqué ses messages sur le forum mais ne l'avait pas imaginé comme ça : engoncée dans une robe qu'elle avait sans doute empruntée à une vieille bigote catholique – certains se cramponnaient à leur ancienne religion malgré l'instauration quelques années auparavant de l'Autisme pour tous, la religion d'État – elle faisait beaucoup plus stricte que ses écrits.

Tandis qu'elle lui parlait, Yann se rappela la polémique qui avait suivi la décision du président de l'époque de nommer cette religion Autisme. « C'est la religion de l'Autorité, elle s'appellera donc fort logiquement Autisme » avait-il martelé dans les médias. « Ça ressemble beaucoup trop au mot qui désigne la maladie », avait-on entendu ici, « et pourquoi pas Autorisme ? » avait-on entendu là. Après un grand débat public, où le choix du nom avait occulté la question même du bien-fondé d'une religion d'Etat, l'Autorité avait tranché et décidé de renommer les malades de l'autisme les PUP – ou « Personnes à l'Univers Particulier » – ce qui avait clos la polémique, tout le monde s'accordant sur le fait que ce nom poétique serait beaucoup moins stigmatisant pour les malades et leur permettrait de mieux s'intégrer dans la société. Ainsi l'Autisme avait produit son premier miracle en facilitant la vie des PUP.

L'ambiance était détendue et Yann constata avec surprise que l'alcool n'était pas rationné, chacun buvait comme bon lui semblait sans se soucier ni des conséquences sur le système de santé publique ni d'une pénalité sur son assurance sanitaire publique. Yann n'était pas buveur et déclina le verre qu'on lui offrait, au grand étonnement de Fennec.

— Tu peux boire, va... personne ici ne caftera ! lança-t-il.

— Non, ça ira. Je n'ai jamais aimé ça, expliqua Yann.

Fennec, déjà bien imbibé, n'insista pas et se resservit une rasade en riant.

— Plus pour moi, alors ! Ça se voit que tu es nouveau à Libris, t'as encore peur de te faire pincer...

Maintenant qu'il était assis avec les autres, on l'invita à parler de lui et de ce qu'il faisait dans la vie, et comme ils ne connaissaient de lui que son pseudonyme et qu'il avait un métier passe-partout il se livra sans crainte. Il parla de son travail de bureau monotone, de ses collègues et de sa mise à l'écart progressive suite à ses prises de positions atypiques... On lui conseilla de faire profil bas pour éviter d'éveiller les soupçons, et on lui donna des exemples de phrases à prononcer pour endormir la suspicion de ses collègues...

— Il faut repérer le meneur du groupe et caler son discours sur le sien, disait Jared

— Et des phrases toutes faites du style « sans l'Autorité on ne pourrait rien faire contre les inégalités », ou « je suis heureux de payer des contributions sociales pour le bien de tous » endorment la méfiance et suffisent à se réinsérer dans le groupe, lui indiqua Atome.

Yann parla ensuite de son périple pour se débarrasser de son téléposte et là encore on lui donna des tuyaux. Un des membres, qui travaillait à l'Office de Régulation des Télépostes, promit de lui envoyer le code de désactivation de la mise en marche automatique.

— Chez moi, il est tout le temps éteint grâce à ce code et je l'ai emmuré dans le salon quand j'ai refait ma déco, indiqua-t-il avec un grand sourire. Ni vu ni connu !

Au fur et à mesure que la soirée avançait, et l'alcool aidant, Yann en apprenait un peu plus sur les membres de Libris. Hors des yeux inquisiteurs du réseau et à l'abri de leurs pseudonymes, ils se livraient sans retenue.

Atome était celui qui avait le poste le plus prestigieux. Il était assistant au parlement de l'Autorité Supérieure, c'est à dire l'Autorité de l'Autorité. Car presque tous les pays étaient sous l'égide de cette entité qui assurait la cohésion du Monde Libre et garantissait la paix sur Terre. Il raconta son travail et justifia son poste en expliquant qu'il était impossible d'échapper à l'Autorité.

— Où qu'on aille dans le monde, on est surveillé par une autorité – quel que soit le nom qu'on lui donne – qui rend des comptes à l'Autorité Supérieure. J'ai compris il y a longtemps qu'on ne pouvait pas gagner contre le système, alors autant se faire payer par lui, confia-t-il avec un cynisme affiché. C'est une manière de me rembourser des cotisations sociales faramineuses que je paye. Et vu ce que me paye l'Autorité Supérieure, je serais fou de refuser... c'est que j'ai une famille à nourrir, moi.

Yann afficha son étonnement et Atome, comme pour se dédouaner d'un sentiment de culpabilité que l'alcool et le cynisme ne parvenaient pas à estomper complètement renchérit :

— Et puis tu sais, Cobalt, tout le monde ici sait que si l'Autorité Supérieure ne m'avait pas engagé elle aurait pris quelqu'un d'autre pour faire le boulot... quelqu'un qui n'aurait pas mes principes et ma probité... parce que, tu sais, grâce à moi, les dépenses augmentent moins que ce qu'elles devraient... et certains projets de flicage sont abandonnés... Ah, heureusement que je suis là, tu sais ! Sans quoi, avec quelqu'un d'autre à mon poste, ce serait encore pire... ça, tu peux en être sûr !

Il se lança dans une explication pratique sur la manière de payer ses cotisations sociales le plus tard possible « pour faire chier le système ».

— Ah oui, qu'on paye en retard, ça les embête bien, vous pouvez me croire. Ils courent dans les couloirs comme des poulets sans tête, terrifiés à l'idée qu'ils n'auront pas le budget nécessaire... C'est drôle à voir, vraiment.

Il agita les bras et fit de grands gestes effrénés, imitant l'affolement, puis reprit son sérieux et, après avoir pris une énième gorgée d'alcool, ajouta avec une pointe de regret :

— Mais l'argent finit toujours par rentrer... in-extrémis. Ils sont cons, les gens, à toujours payer... S'ils savaient à quoi servent tous ces mondes... s'ils voyaient les petits fours, les putes et le champagne que ça achète pour les élus ! Il faut dire aux gens de ne pas payer... faites passer le mot autour de vous...

Et tous opinèrent du chef, une lueur d'espoir dans les yeux. Yann pensa qu'un défaut de paiement des cotisations sociales était un crime contre le système passible de cinq ans de prison et se demanda combien d'entre eux oseraient prendre un tel risque. Il ne devait pas être le seul à hésiter, en tout cas, puisque la conversation dévia sur le métier de Fennec, qui travaillait pour une chaîne d'information continue.

Les autres le raillèrent gentiment, arguant qu'il ne faisait pas d'information. Il en convint aisément.

— Bah, vous savez, on donne aux gens ce qu'ils veulent entendre. Tout marche à l'audience, et de l'audience dépend en partie notre budget.

— D'où vient l'autre partie du budget ? s'enquit un membre de Libris dont Yann avait oublié le pseudonyme.

Fennec expliqua :

— Le budget vient à trente pour cent de la publicité et à soixante-dix pour cent de l'Autorité. Une part fixe nous est attribuée par le Ministère de la Culture et de l'Information ; l'autre part, variable, est calculée selon les audiences réalisées et provient de l'Office de Régulation des Télépostes.

Devant la mine dubitative de certains, Fennec simplifia :

— C'est l'Autorité qui nous finance en très grande partie, et plus les gens nous regardent plus on est payés. Alors bien sûr ça joue sur les programmes et ce qu'on diffuse ou pas.

Il affirma que les gens aimaient être protégés, rassurés, maternés, d'où des programmes tous enveloppants, sécurisants, qui leur expliquaient ce qu'il fallait penser, faire et vivre.

— Et puis, il convient aussi de faire plaisir à l'Autorité pour garder sa licence de diffusion d'une année sur l'autre… ajouta-t-il. Souvent, c'est elle qui nous souffle des idées de programmes… et je dois dire qu'elles font un tabac ! Par exemple, l'idée des flashs infos de catastrophes ou de menaces imminentes, c'est le ministre de la Sécurité qui nous l'a dictée. Les gens adorent se faire peur en les regardant ! A chaque diffusion c'est un record d'audience… du pain béni pour la chaîne.

— Tu veux dire qu'il n'y a aucune vraie info ? lui

demanda-t-on.

— Bien sûr que si ! Tous les communiqués de presse émanent directement de l'Autorité et sont authentiques... on ne rigole pas avec ça ! Mais pour le reste on fait du divertissement avant tout. Toutes les chaînes font pareil, faut pas croire... Souvent d'ailleurs elles reprennent nos idées... et puis on s'en inspire aussi. Ce qui marche le mieux, ce sont les faits divers. On peut susciter tout un tas d'émotions à travers eux, les gens en sont friands.

Puis, pour se dédouaner il ajouta :

— On donne aux gens ce qu'ils veulent voir. Et puis, il faut bien vivre ! Si je n'obéis pas à mes supérieurs, je me retrouve au chômage... 'faut me comprendre !

Encore un choeur d'approbation... Yann comprenait bien le besoin de gagner sa vie. Le chômage était une mort sociale dont il était très difficile de ressusciter. Les demandeurs d'emploi étaient contraints de travailler en échange des indemnités pour lesquelles ils avaient cotisés et les travaux les plus pénibles leur étaient réservés. Pénibles surtout moralement, parce qu'inutiles et dégradants : écrire de longs rapports qui ne seraient très certainement jamais lus, se poster dans la rue, pancarte à la main, pour remplacer un panneau indicateur momentanément manquant... Des travaux d'intérêt général qui restreignaient d'autant le temps disponible pour rechercher un travail. « Pour leur bien, il faut garder les chômeurs occupés à plein temps », justifiait le ministre des Solidarités sur un ton paternel.

Fennec continuait à trouver des justifications, cherchant des yeux l'assentiment de l'auditoire :

— Et puis tout le monde le sait, qu'on ne fait pas vraiment de l'information ! Allons, ça se voit, non ? En tout cas, ceux qui ne le voient pas sont ceux qui ne veulent pas le voir… c'est tout ! On ne peut rien pour eux…

— Quand même, avec tout ce qu'on sait, et ton poste au sein d'une chaîne d'info, on pourrait faire passer nos idées, osa Yann.

— Tu n'y penses pas ! Pour que je me fasse virer, merci bien ! Je n'ai pas envie de mourir pour mes idées, même si ce n'est que socialement… et puis je te le redis, les gens ne veulent pas savoir !

Jared prit la parole et annonça qu'il recherchait un nouveau travail depuis plus d'un an. Il travaillait au Ministère du Développement Durable et de la Lutte Contre le Réchauffement Climatique, mais ne se sentait plus de continuer à cause de tous les mensonges et les manipulations qu'il y avait vus.

— Figurez-vous qu'il n'y a pas de réchauffement climatique, et que l'Autorité fait tout pour le cacher.

— Tu en es sûr ? Je veux dire, les températures qui baissent, on nous dit que c'est ce qui se produit juste avant le réchauffement et qu'il est inéluctable…

— Plus que sûr… les relevés sont formels. Les températures du globe baissent constamment depuis une trentaine d'année. Il n'y aura pas de réchauffement, les experts sont formels.

Atome confirma. Il expliqua qu'au parlement de l'Autorité Supérieure ils avaient eu il y a quelques mois une réunion pour décider de la conduite à tenir au sujet de ces données.

— Il fallait les voir, inquiets comme tout que les gens se mettent à arrêter de trier leurs déchets et d'économiser l'énergie, si jamais ils apprenaient la supercherie. C'était drôle ! Tous les représentants de toutes les autorités du Monde Libre y allaient de leur suggestion… Emprisonner les scientifiques pour négationnisme, les répudier, les acheter, truquer leurs rapports… il y en a même qui ont proposé de réglementer les thermomètres ! Mais le plus drôle, c'est le mec qui voulait qu'on impose partout la nouvelle échelle simplifiée de température qu'il avait mise au point… il lui avait donnée son prénom, le con ! Le degré Kevin ! Hahaha !

Le rire d'Atome se perdit au milieu du fou rire général qui envahit la pièce. Vraiment, le fait que ces gens qui voulaient tout contrôler étaient rattrapés par la réalité avait un côté comique ; et cette fatuité..

était-il possible d'être aussi imbu de soi-même ?

Entre deux hoquets, Charlotte rit en se tenant les côtes :

— Ah, oui, l'échelle simplifiée de température… c'est donc de là que vient l'idée ? On a été obligé d'équiper nos bâtiments avec cette technologie.

Elle avait prononcé le mot avec dédain, comme si c'était un gadget pour enfant. Elle était ingénieur technique et participait à construire des bateaux et des sous-marins ; un travail qu'elle faisait par passions combinées pour la technique et la mer, expliquait-elle, et qu'elle ne pouvait pas exercer dans le privé à cause du monopole de l'Autorité dans le domaine.

— Ce sont des bâtiments de guerre, précisa-t-elle en guise d'explication.

Ce détail ne surprit personne. Malgré la communication de l'Autorité Supérieure qui vantait un monde libre, harmonieux et en paix, tous savaient que des guerres sévissaient dans quelques enclaves de plus en plus restreintes, guerres qui visaient toutes à « établir la démocratie dans ces régions reculées au nom de la liberté et pour le bien de tous », selon le porte-parole de la coalition des pays du Monde Libre.

— Parce que la démocratie est le meilleur

système qui soit, et chacun a le droit d'en bénéficier, railla Jared en imitant la voix molle du président de l'Autorité.

— C'est notre devoir d'instaurer la démocratie dans les régions qui n'ont pas la chance de connaître un système politique aussi libre et tolérant que le notre, ajouta Fennec sans arriver à réprimer un gloussement amusé.

Après un moment, l'alcool cessa d'être joyeux et les conversations se firent plus sérieuses. Yann demanda si l'un d'eux avait déjà songé à s'engager en politique pour faire bouger les choses et Jared parla de l'expérience de sa femme.

— Il y a deux sortes de gens en politique, expliqua-t-il. Les immoraux, et les idiots utiles. Les premiers ne se soucient que de leurs propre intérêt, ils arrivent au pouvoir par cynisme, en léchant des culs ici, et en s'asseyant sur des principes là... Les seconds sont passionnés, altruistes, et croient en ce qu'ils font, mais eux n'arrivent jamais au pouvoir : ils ne sont bons qu'à faire campagne pour les premiers – que se soit dans leur camp ou en dehors. Ma femme s'y casse le nez à chaque fois… alors même qu'étant une femme elle bénéficie de la loi sur la parité femmes-hommes.

— Elle essaye depuis combien de temps ? s'enquit Yann.

— Bientôt dix ans. Je ne sais pas comment elle peut encore y croire… elle fait actuellement campagne pour le parti Rose-Thé en espérant encore changer les choses de l'intérieur…

Atome, en spécialiste de l'Autorité – lui qui en voyait tous les rouages au plus haut niveau – expliqua :

— On ne peut pas changer le système, ce sont les grands partis qui décident de qui se présente aux élections ou pas, et les grands partis sont financés à quatre-vingt dix pour cent par l'Autorité.

Fennec nuança avec une pointe d'ironie :

— Bien sûr, dans les textes, n'importe qui peut se présenter. Nous sommes un pays de libertés…

— … mais il faut des mondos… beaucoup de mondos. Et surtout, les médias n'ont pas l'obligation de parler des candidats indépendants, alors que le temps de parole des grands partis est réglementé et garanti, mesura Charlotte. N'est ce pas, Fennec ?

Il fit oui de la tête avec un air entendu. Atome conclut en levant son verre :

— On serait face à une armée, ce serait plus simple, mais là il n'y a aucun moyen de combattre le système : il a trop imprégné la société, son idéologie est partout. C'est pour ça qu'à défaut de pouvoir le combattre, autant s'en arranger... On n'est pas dupes, mais on n'est pas fous non plus !

Yann se sentit mal à l'aise quand tous acquiescèrent, même s'il comprenait la logique de l'argumentation. Les membres de Libris avaient perdu tout idéalisme, ils avaient été achetés par l'Autorité, tantôt avec de gros salaires, tantôt avec des menaces. Après s'être trouvé une famille de substitution, il venait d'en découvrir le vilain petit secret. Toutes les familles en ont un, ce n'était qu'une question de temps, mais il aurait voulu que ce ne fût pas si tôt.

La démocratie dans laquelle nous vivons n'est pas le système de liberté qu'on nous vante à l'école et dans les médias. C'est une dictature de la majorité sur la minorité où le seul droit du citoyen est de voter, et d'abandonner par ce geste sa liberté.

La vraie liberté, celle qu'on nous refuse absolument, c'est la possibilité de ne pas voter, de ne pas participer, de ne pas financer.

Carnet de Rémi

14.

Depuis la visite de Lilou, Rémi s'enfonçait dans la dépression. Il disait oui à tout sans vraiment écouter de quoi il était question, l'air constamment hagard, absent.

Oui, le Docteur Tiffes avait raison. Oui, il se rendait compte du mal qu'il avait fait autour de lui. Oui, il était malade. Oui, il ferait des efforts pour guérir. Oui, oui, et encore oui. Si c'est ce qu'ils voulaient entendre, c'est ce qu'il dirait. C'est ce qui lui demandait le moins d'énergie, de l'énergie qu'il n'avait plus. Plus maintenant.

Lilou ne le soutenait pas, son fils l'avait oublié. Dans ces conditions, pourquoi résister, pourquoi se battre ? Seul contre tous il ne faisait pas le poids, et s'il était seul – même avec sa conscience pour lui – c'était sûrement qu'il avait tort. Avoir raison tout seul ou avoir tort c'est pareil, tout compte fait.

Les bouchons d'oreilles qu'il s'était confectionnés avaient fini au fond de la poubelle de sa chambre, il n'en avait plus l'usage. Des heures durant, il écoutait le téléposte, sans filtre. Ou plutôt il l'entendait, sans vraiment chercher à comprendre le sens des émissions qui y étaient diffusées. Il s'en moquait, il suffisait de répéter « oui », « d'accord », « c'est vrai », et tout irait bien. C'était simple, finalement.

Il se fichait bien de sortir de cet asile de fous. Pour aller où ? Chez lui, où il serait un parfait étranger ? Il ne serait plus jamais « chez lui ». Lilou ne le regarderait plus jamais comme avant, avec de l'amour dans les yeux. C'est de la déception, de la pitié, et une espèce de supplique qu'il y avait vues quand elle était venue le voir il y a quelques semaines. Comment pourrait-il vivre avec quelqu'un qui le regarderait comme ça ? Quelqu'un chez qui il sentirait constamment la peur de la récidive, quelqu'un qui n'aurait plus jamais confiance en lui.

Lilou demanderait-elle le divorce ? Elle en aurait bien le droit : ce qu'il pensait – sa manière de voir le monde – était une tromperie vis-à-vis de sa femme. Elle ne l'avait pas connu comme ça et il ne lui en avait jamais parlé ouvertement. Il avait menti en lui cachant ses impressions et elle avait raison de lui en vouloir et de l'éloigner de son fils. Comment avait-il pu lui faire ça ? Il avait trompé sa confiance, c'était de sa faute à lui.

Son reflet dans le miroir le dégoûtait. Il sentait qu'il devait disparaître. Arrêter d'exister pour arrêter de gêner. Ses remises en question, ses interrogations, ses réflexions, étaient autant d'épines dans le pied des gens qu'il côtoyait. Il les embêtait, les dérangeait, les importunait... et s'il en était là, s'il avait été arrêté pour terrorisme puis interné chez les fous, c'est que ça allait trop loin. Ses questions étaient trop poussées, trop nombreuses, elles étaient de nature à porter atteinte au vivre ensemble. Il fut un temps où il aurait aimé qu'elles fussent contagieuses, comme un rhume : il n'aurait plus été seul et la société aurait peut-être pu changer, aller dans son sens. Maintenant il n'aurait souhaité cette aliénation à personne.

Sa lucidité, il la vivait comme une malédiction dont il attendait la délivrance. Une délivrance qui ne venait jamais, le laissant s'engluer chaque jour un peu plus dans le cauchemar de la confrontation permanente à l'absurde, la sensiblerie et l'inertie ; dans cette folie qui émanait du téléposte et qui coulait sur les gens autour de lui comme baverait une chaussette rouge dans une lessive de blanc. Elle n'avait eu aucun mal à imprégner les gens, et en l'épargnant elle l'avait exclu.

Ces salauds ont manipulé les foules pour confondre légal et légitime et le monde est devenu fou, se dit-il sans parvenir à définir clairement les salauds en question ; était-ce les médias, l'Autorité, autre chose ?

Lui n'était pas fou, encore que… être lucide parmi une multitude de fous, c'était être fou : question de point de vue.

Le docteur Tiffes était satisfait de l'évolution de

Rémi, il le félicitait sans cesse pour ses progrès. Comment pouvait-il ne pas voir que son état, au contraire, empirait ? Que son patient se négligeait, ne mangeait presque plus... que dans son regard s'éteignait au fil des jours la vivacité qu'il affichait à son arrivée ? Rémi, qui attendait passivement le début du prochain atelier obligatoire dans la grande salle, se remémora une petite histoire que le socialement correct interdisait désormais de raconter mais qui faisait beaucoup rire il y a encore quelques décennies, une blague que lui racontait son père quand il était enfant :

Des gens visitent un asile de fous. Au rez-de chaussée on leur présente les fous inoffensifs, les doux dingues : ils ont accès au jardin, aux outils... et bricolent en toute quiétude. Au premier étage on leur indique que les fous gardés ici ne sont pas aussi doux que ceux du rez-de-chaussée : pas question de leur confier des outils, le diable sait ce qu'ils en feraient ! Au deuxième étage on recommande aux visiteurs de faire attention : les fous y sont inquiétants... ils ont le regard fixe, un petit filet de bave leur pend au coin des lèvres, et on n'arrive pas à percevoir ce qu'ils pensent vraiment. Plus les visiteurs montent dans le bâtiment plus les fous sont impulsifs, violents et dangereux. A la fin de la visite, alors qu'ils viennent de faire le tour du sixième étage où, dans des cellules capitonnées, les fous les plus agressifs de l'asile se contorsionnent dans leur camisole en hurlant à la mort, un des visiteurs demande : « Et à l'étage encore au-dessus, il y a quoi ? » et l'infirmier répond : « Ah, au dernier étage il y a le bureau du directeur. »

Il semblait à Rémi que Simon Tiffes incarnait à merveille ce directeur. Les fous les plus dangereux ne sont pas ceux qui sont sous camisole, ce sont ceux qui ont l'apparence de la raison et le pouvoir d'agir à leur guise. Le Docteur Tiffes était de ceux-là, dans l'unité psychiatrique de l'hôpital et dans les médias. Il allait même, disait-on, jusqu'à tutoyer les plus hautes instances de l'Autorité ; Rémi voulait bien le croire. Face à ce genre de fou il n'y a rien à faire.

Perdu dans ses pensées, il ne voyait pas les animateurs de l'atelier obligatoire ; ils étaient arrivés en silence un peu plus tôt et installaient leur matériel à quelques mètres de lui tandis que les yeux de Rémi flottaient dans le vague, mi-clos, comme s'il rêvait éveillé. Tout en s'affairant aux préparatifs, l'animatrice obèse saucissonnée dans une robe trop moulante, sifflait entre ses dents.

— Nan mais t'as vu ? Même pas un bonjour, rien ! Pour qui il nous prend, c'ui là ?

Son camarade, un grand maigre aux cheveux gras, lui répondit doctement :

— Les gens dans son genre s'croyent tout permis, ils pensent qu'ils peuvent nous traiter comme des merdes pas'qu'on n'est pas comme eux... y'a un gros travail d'éducation à faire, tu peux m'croire.

— T'as raison, 'reusement qu'on s'implique et qu'on forme les gens à plus de tolérance !

L'être aux cheveux gras soupira lourdement en regardant Rémi du coin de l'oeil.

— … et quand on voit l'travail qu'y reste à faire, j'me sens parfois découragée…

— Faut pas lâcher… le respect ça s'apprend, et on va lui apprendre, conclut la grosse en faisant un signe du menton vers Rémi.

Elle se dirigea vers lui d'un pas qui se voulait décidé mais que ses chaussures à plate-forme rendaient branlant. Le lycra de sa robe ne parvenait pas à contenir ses innombrables bourrelets qui semblaient vouloir s'échapper à chacun de ses pas.

— Bonjour !! lui lança-t-elle d'une voix irritée une fois qu'elle fut tout près de lui.

Rémi mit quelques secondes à émerger de sa rêverie ; un moment qu'elle trouva sans doute trop long… ses lèvres se crispèrent l'une contre l'autre au point de presque disparaître.

— J'ai dit : Bonjour !! grogna-t-elle, encore plus agressive.

— Bonjour madame, répondit mollement Rémi d'une voix éteinte après avoir lentement tourné la tête vers elle.

Elle le regarda un moment en plissant les yeux, ses poings tellement serrés que la peau recouvrant les jointures de ses phalanges avait blanchi sous la pression des os… on aurait dit qu'elle allait le frapper, mais elle finit par se raviser et retourna à ses préparatifs.

— Hmmf, ça n'en vaut pas la peine… mais je l'ai à l'oeil, lui…, murmura-t-elle à son collègue en accrochant un poster représentant une femme en colère faisant un doigt d'honneur sur lequel on pouvait lire en gros caractères : « Si tu veux être respectable commence par me respecter, connard. »

— T'as raison, on est civilisées, nous… on sait s'tenir. Il a d'la chance qu'on sache s'maîtriser…

Ils continuèrent leur installation en louant leur travail d'éducation au respect et le regard de Rémi se perdit à nouveau dans le vide. Ses camarades commençaient à arriver dans la grande salle par groupes de deux ou trois, comme à leur habitude ; ils souriaient béatement et saluaient les deux intervenants d'une voix enjouée avant de prendre place sur les chaises autour de Rémi en s'agglutinant les uns contre les autres.

A l'heure pile du début de l'atelier les deux

animateurs firent face au petit groupe.

— Bonjour à toutes z'et à tous !

— Bonjour ! répondirent avec enthousiasme les camarades de Rémi, le sortant de ses pensées par la même occasion.

— Voici Julie, et je m'appelle Camille. Nous sommes ici pour vous parler d'respect, annonça l'être aux cheveux gras. Le respect est une valeur fondamentale du vivre ensemble, et notre association a pour mission de l'promeu... promettre... heu... on lutte cont' les gens qui n'ont pas d'respect pour les aut'... voilà.

Julie prit le relais et se lança dans un monologue rébarbatif.

— L'ACRVHTM, Association Contre le Racisme, le Validisme, l'Homophobie, la Transphobie et le Machisme s'applique à défendre le droit de toutes les minorités opprimées et s'est fixé pour mission d'éduquer au Rrrespect et à l'Egalité. Nous acceptons les dons, qui sont déductibles des cotisations sociales selon le décret D47634-678 – articles 54 et 73-b. Notre association est r'connue d'utilité publique par l'Autorité depuis qu'on a organisé un flashmob géant pour éduquer les gens et protester contre les discriminations.

A côté de Rémi, Aurore commenta :

— Ah oui, je me souviens de ça, ils en ont parlé au journal du téléposte... ça a fait les gros titres pendant des jours !

— ... preuve du succès de l'opération, renchérit l'animateur avec un grand sourire. Plus les gens dansent ensemble et plus les discriminations reculent !

A l'énoncé de cette dernière phrase Rémi laissa échapper un soupir que la grosse Julie releva immédiatement.

— T'as un problème avec les actions cont' les discriminations ?

— Pas du tout, fit Rémi d'une voix molle, mais danser est improductif, ça ne fait rien reculer du tout.

Le visage de l'animatrice boudinée qui commençait à s'agiter de colère s'empourpra.

— Haaa, et b'in c'est là qu'tu t'trompes... on agit contre les discriminations, nous... on reste pas les bras ballants comme d'autres qui font le jeu d'la haine et du parti mandarine !

— C'est bien... dansez, alors...

La réponse, mi-sarcastique mi-indifférente, de Rémi ne fit pas plaisir à l'intervenant filiforme, il fit quelques pas vers lui et l'interpella d'une voix crispée.

— Qu'est-ce que t'y connais en discrimnation, toi, hein ? Tu fais l'malin parce que t'y as jamais été confronté... Au lieu d'tomber dans la condescendance, tu f'rais mieux d'prendre conscience de tes privilèges et de t'remettre en question ! La violence de ta réaction est intolérable. Tu... tu... tu m'fais gerber !

Il sortit de la pièce précipitamment en faisant des bruits gutturaux explicites, les mains devant la bouche. Les camarades regardèrent Rémi avec réprobation et Aurore lui suggéra de s'excuser. Une idée que les autres trouvèrent appropriée et, tandis que la grosse femme sortait bruyamment de la salle pour aller assister son collègue, ils exhortèrent Rémi à s'exécuter.

— Tu vois dans quel état il est. T'as vraiment été méchant avec lui... le pauvre... il en est malade, fit remarquer Tom.

— T'aurais pu t'abstenir de donner ton avis... t'es vraiment nul ! On passe pour quoi, maintenant, hein ? T'y penses ? renchérit Véronique.

— Franchement, assume que t'as dit une connerie et excuse-toi ! insistèrent Sophie et Maria.

Plus loin les bruits rauques cessèrent ; il y eut le clapotis des toilettes, de l'eau coula d'un robinet, et les deux intervenants réapparurent sur le seuil de la porte. Tandis qu'ils se dirigeaient vers le groupe, les camarades de Rémi lui donnaient, qui des coups de coudes, qui des tapes sur le dos.

— Pour quoi faire ? Je n'ai rien dit de mal…

— Tu sais bien que si… sinon le pauvre ne se serait pas mis dans un état pareil, lui souffla Patrice.

— Allez, vas-y ! Vas-y !

Les deux animateurs s'étaient plantés devant lui.

— On attend ! souffla la grosse femme. Tu dois des excuses à Camille.

— Non, je n'ai rien dit de mal.

— T'assumes pas tes paroles… t'es détestable ! C'est pas croyable cette suffisance, s'écria Julie. C'est moi qui vais m'sentir mal, maintenant !

Elle porta une main à sa bouche et se tint le ventre. Rémi en avait marre de ce cirque et capitula par manque d'énergie.

— Je suis désolé si tu t'es mis dans un état pareil, Camille.

Les deux intervenants se crispèrent, et Camille se mit à hurler d'une voix stridente :

— Mais t'es vraiment un monstre ! C'est pas croyable ! Comment tu peux être aussi malveillant ?

L'intervenant filiforme ne s'arrêtait plus de brailler, devant le groupe ébahi.

— T'imagines même pas toutes les micros agressions qui m'invalident auxquelles j'dois faire face tous les jours ! Et en f'sant mine de t'excuser, tu m'agresses encore ! T'es un pervers ! Ils t'ont pas soigné, ici ? T'es un malade mental !

Julie était tout aussi en colère, elle prit le relais de sa collègue, la furie de Camille l'ayant laissée sans voix.

— Camille est une femme transgenre, idiot ! Tu t'fous d'sa gueule en la malgenrant !

— Je ne pouvais pas le savoir, fit Rémi.

— Quand on sait pas on demande ! rétorqua Julie du tac au tac.

— Mais demander quoi ? Elle ressemble à un mec, je n'avais pas de doute à avoir…

— Généralement quand on est corrigé par quelqu'un faisant partie d'une minorité oppressée on essaie d'apprendre de son erreur au lieu d'se braquer, connard ! Excuse-toi !

— Non, je l'ai déjà fait et on a bien vu ce que ça donnait. Je n'ai pas envie de m'informer sur les trangenres, je m'en fiche. Qu'ils vivent leur vie comme ils le veulent et qu'ils me fichent la paix.

— T'as aucun respect ! T'es abject ! hoqueta Camille d'une voie éraillée.

— Ça n'a rien à voir avec le respect.

Les camarades de Rémi s'agitaient sur leur siège et les reproches fusaient…

— Enfin, excuse-toi et on n'en parle plus ! plaida Tom.

— C'est pourtant évident que c'est une femme, enfin ! T'es bigleux, ou quoi ? sermonna Véronique.

— T'es vraiment un gros nul, t'en prendre à une femme… la pauvre ! le rabroua Patrice.

— Tu nous fais honte. Elles vont penser qu'on est tous comme toi, sifflèrent Sophie et Maria.

La tension était palpable dans la grande salle. Les camarades de Rémi s'étaient levés et l'entouraient. Les deux animatrices qui s'étaient plantées devant lui le regardaient d'un air menaçant, les poings serrés contre le corps. Rémi s'en fichait, il était résolu à ne pas céder, même si ça devait être son dernier combat. Il restait assis sur sa chaise, déterminé, et à chaque exigence de repentir il répétait :

— Non. Fichez-moi la paix.

Les gens ne voient pas qu'en réclamant qu'on limite la liberté d'expression des uns ou des autres, ils portent atteinte à leur propre liberté.

Quand viendra le jour où ils ne pourront plus exprimer leurs idées ils crieront à la censure sans comprendre l'ironie.

Carnet de Rémi

15.

Lilou était belle dans sa petite robe noire à la mode qu'elle avait achetée en soldes dans un magasin réputé. Assise au premier rang sur une chaise en plastique d'une couleur indéfinissable elle pleurait la mort de son mari ; quelques petites larmes coulaient le long de sa joue sans parvenir à défaire son maquillage impeccable ; le deuil lui allait bien, elle semblait le porter comme un soulagement. « D'une certaine manière Rémi n'est plus malade, maintenant » psalmodiait l'officier du culte Autiste dans la grande salle froide et impersonnelle de la mairie.

Rémi avait été retrouvé quelques jours plus tôt, inanimé sur le lit de sa chambre de l'unité psychiatrique fermée. Une enquête rapide avait été menée et aussitôt classée sans suite, qui avait conclu à un suicide, bien que le corps portât de nombreuses traces de contusions sur le torse et les membres ainsi qu'une marque nette de strangulation. Les camarades de Rémi avaient tous un alibi pour l'heure du décès, ils étaient avec les deux intervenantes de l'Association Contre le Racisme, le Validisme, l'Homophobie, la Transphobie et le Machisme, ces dernières étant au-dessus de tout soupçon de par la nature même de leur travail associatif.

— Le patient a sûrement dû s'infliger ses blessures tout seul, sans doute dans un accès de délire paranoïaque, avait expliqué le Docteur Tiffes aux enquêteurs qui n'avaient pas cherché à mettre en doute l'avis de cet expert renommé ayant une chaise à son nom dans les meilleures émissions du téléposte.

Le psychiatre avait annoncé lui-même la mauvaise nouvelle à Lilou, et il en avait profité pour faire son introspection ; elle l'avait écouté avec dévotion.

— Votre époux est un échec. Pas par ma faute, non… mais parce qu'il s'obstinait à ne pas vouloir changer. Les échecs arrivent… on n'y peut rien ! Mon taux est très faible mais il faut garder en tête qu'une telle déconvenue est salutaire, en quelque sorte, puisqu'elle me permet de rester humble.

— Je comprends, Docteur. Merci de l'avoir aidé, merci d'avoir essayé…

— Madame, je n'ai fait que mon devoir, soyez-en assurée. Ah, si seulement votre époux avait été coopératif… j'aurais pu faire tellement plus !

— Vous avez déjà fait beaucoup, Docteur. Mettre un nom sur son trouble m'a permis de revivre socialement, vous savez. Tant qu'il était accusé de terrorisme mes amis me fuyaient... mais depuis que vous l'avez déclaré malade je ne suis plus seule. Merci docteur... de tout coeur !

— Tout cela n'est que sémantique, vous savez. Comme j'aime à le répéter, les terroristes ne sont jamais que des malades mentaux qui passent à l'action... et en y réfléchissant bien, ne sommes nous pas tous un peu fous ?

Il avait eu une étrange lueur dans les yeux en disant cela, mais Lilou n'avait rien remarqué. Elle avait pris congé du thérapeute et était rentrée chez elle pour préparer l'enterrement de son mari. L'Autorité se chargeait de tout gratuitement, ce n'était pour elle qu'une simple formalité : sa signature en bas de la déclaration de contribution sociale du défunt. Après avoir saisi tous les avoirs de Rémi, l'Autorité – dans sa grande générosité – lui en reverserait vingt pour cent.

Assis au dernier rang de la grande salle à côté d'un grand maigre au costume gris et usé, Yann, les yeux rougis par les larmes qui ne cessaient de couler depuis deux jours, était sonné ; anéanti par la tristesse et la culpabilité. Il s'était beaucoup isolé ces derniers mois, y compris de Lilou pour qui il avait pourtant de l'affection ; quelque chose l'avait dérangé chez elle et l'avait incité à prendre ses distances. Elle s'était entièrement rangée à l'avis de ce docteur Tiffes et refusait de réfléchir au fond du problème et à ce que l'internement de Rémi impliquait : le thérapeute lui avait offert une solution clé en main et elle l'avait embrassée sans restriction, sans doute par facilité. Les rares tentatives de Yann pour faire entendre raison à Lilou s'étaient soldées par des cris de colère. Il ne faisait clairement pas le poids face à l'avis éclairé d'un expert médiatique comme Simon Tiffes, surtout que les idées de Rémi – et de Yann – étaient difficilement défendables tant elle allaient à l'encontre du socialement correct. Alors il avait battu en retraite comme un lâche, s'était éloigné de Lilou petit à petit, et s'était réfugié sur Libris où il était écouté et compris et où il se sentait libre et en confiance. Certes, il avait bien vu, lors de sa rencontre avec ses membres éminents, qu'ils étaient, pour la plupart, cyniques ; mais ce refuge était mieux que rien, il lui apportait un certain réconfort intellectuel. Le même réconfort, sans doute, que le diagnostic du docteur Tiffes apportait à Lilou.

L'officier du culte Autiste continuait son sermon sur un ton bizarre et monocorde emprunté à ses confrères de l'ancienne église catholique :

— Mes camarades… ce qui est arrivé à Rémi nous rappelle qu'il n'est jamais bon d'avoir le coeur habité par la haine. Ouvrons notre coeur à l'autre et n'ayons pas peur de donner, sans restriction à ceux dans le besoin.

Il invita l'auditoire à se lever.

— Penchons nous en avant trois fois, levons les bras au ciel et embrassons nos voisins…

Dans la salle, on entendit les grincements des chaises, puis les chuintements des vêtements des uns et des autres qui se réverbéraient sans fin contre les murs nus. Alors qu'il imitait machinalement les mouvements aérobiques de l'officier du culte puis embrassait avec aversion son voisin de droite qui lui tendait une joue épaisse et striée de couperose, Yann ne cessait de se dire qu'il avait été lâche.

Tous se rassirent tandis que l'officier continuait son sermon et les pensées de Yann chatouillaient sa culpabilité. Au début il s'était agi de s'occuper l'esprit parce qu'il ne pouvait rien faire pour aider son meilleur ami et puis, au fil du temps, le sort de Rémi était passé au second plan et Yann s'était plongé, avec un certain délice, dans une série de lectures pour comprendre davantage le monde qui l'entourait et pour lequel il n'avait jamais éprouvé autant de curiosité que depuis la lecture du carnet secret de son ami. Les membres de Libris étaient pour la plupart érudits et lui avaient conseillé plusieurs ouvrages qu'il avait lus avec avidité ; un ouvrage en amenait un autre, puis encore un autre, et ainsi de suite ; il en avait oublié Rémi, et maintenant il le regrettait. Amèrement.

L'officier entonna un cantique et fit signe à l'assistance de le suivre en levant les bras au plafond d'un air enjoué.

Oh combien de temps faudra-t-il à l'humanité ?
Pour que nos enfants oublient ce que veut dire pleurer ?
Pour qu'enfin les hommes apprennent à aimer ?
Pour qu'enfin triomphent la paix et la liberté... la liberté ?
Pour que l'on arrête de massacrer la belle planète
Que l'on nous a donnée ?
Pour que l'on comprenne que c'est la vie qu'il faut respecter ?[*]

A sa droite, le voisin de Yann renifla.

— Ah, c'est beau ! fit-il sur un ton que Yann perçut comme ironique.

— Vous êtes de la famille ? murmura Yann à l'attention de son voisin, dont le visage lui était inconnu.

— Non, je ne connais pas ce monsieur. Mais ici c'est chauffé et après la parlotte y'a un buffet... Il faut bien trouver des combines, de nos jours, chuchota-t-il en serrant un peu plus son gros sac entre ses jambes.

— Les repas gratuits, un des nombreux miracles de l'Autisme, n'est-ce-pas ? chuchota Yann.

Il se tut un moment.

— C'était mon meilleur ami... finit-il par expliquer en faisant un signe de la main vers le

---

[*] Bernard Minet dans le texte

portait de Rémi en grand format érigé à côté de l'officier du culte qui s'époumonait, et je l'ai laissé tomber.

Il avait prononcé ces derniers mots d'une voix étranglée ; après un moment, Yann tendit la main droite à l'inconnu qui la serra fermement.

— Je m'appelle Yann.

— Ignace.

— Et comment vous êtes-vous retrouvé clochard, si ce n'est pas indiscret ?

— Oh, ça ne l'est pas... J'étais professeur, j'enseignais la littérature. Un beau jour j'ai refusé de me plier aux nouveaux programmes scolaires de l'Autorité.

Dans l'assistance, le chant continuait de plus belle. Les voix dissonantes glapissaient à tue-tête comme autant de mauvais candidats à un télé-crochet.

Nous allons changer tout ça !
Demain, oui demain.[*]

Bien qu'il chuchotât, Ignace prit un ton indigné :

— Ces idiots du ministère voulaient remplacer

---

[*] Bernard Minet dans le texte

Voltaire et Zola par Guillaume Musso et Marc Levy ! J'ai refusé tout net et voilà : plus de travail, et le reste a suivi… ça va vite, vous savez.

Yann se souvint que sa sœur lui en avait parlé quelque temps auparavant ; elle avait loué le soucis constant de l'Autorité de ne discriminer aucun élève, et s'était réjouie que Léna et Timéo n'auraient aucun mal à décrocher leur baccalauréat : les chiffres du ministère prédisaient la réussite pour tous grâce à cette réforme. Ignace le tira de ses pensées.

— Et vous, pourquoi cette culpabilité ?

— Mon ami était interné pour ses idées. Il est mort dans des circonstances douteuses, d'après les informations que j'ai pu recueillir. Au lieu de l'aider je me suis écrasé.

— Ah, fit Ignace en se frottant la barbe… mais qu'auriez-vous pu faire ?

— Convaincre sa femme qu'il n'était pas fou… j'ai essayé, mais pas assez. Je m'en veux.

Le chant pathétique continuait, interminable.

Nous allons changer tout ça !
Demain.
Vous êtes les hommes de demain. [*]

---

[*] Bernard Minet dans le texte

— Si je peux me permettre, même si vous aviez convaincu sa femme ça n'aurait rien changé, le rassura Ignace. Elle-même n'aurait pas eu le pouvoir de le sortir de là.

— Tout de même, je me suis écrasé, je l'ai laissé tomber, je n'aurais pas dû... j'aurais dû me battre pour lui.

— Hmmm... s'opposer ou s'écraser... (et après un long moment) et selon vous, lequel de nous deux a eu la réaction la plus intelligente ?

Yann regarda le costume râpé de son voisin, sa peau sèche et couperosée burinée par le vent et le froid, son gros sac en toile, rapiécé et rerapiécé, qu'il tenait serré entre ses jambes, ses chaussures démodées et usées.

— Vous marquez un point, concéda-t-il.

S'opposer et tout perdre ou s'écraser et pleurer, c'étaient là les deux seules options ? Les larmes recommencèrent à couler le long des joues de Yann, mais ce n'était plus la perte de son ami qu'il pleurait, c'était son propre sort qui l'attristait.

Au loin, devant l'assemblée, l'officier du culte Autiste faisait de nouveaux mouvements aérobiques ridicules et entama en bramant une ode à la nature. La salle se leva pour l'imiter.

Regarde leurs fusils sont levés
Leurs fusils, leurs fusils sont levés sont levés
Non, non, pas les oiseaux, pas les oiseaux !*

Ignace et Yann restèrent assis à observer l'étrange manège.

— Il faut avouer qu'il y a un côté comique à ce récent culte que tout le monde a embrassé sans réserve, fit remarquer Ignace sur un ton amusé. La vie n'est pas toujours facile matériellement parlant, mais je dois dire qu'il ne se passe pas une journée sans que je m'amuse…

Il étouffa de la main un petit gloussement ; les gens qui leur tournaient le dos s'entrechoquaient les bras en tentant d'imiter le vol d'un oiseau gracile avec, pour la plupart, l'agilité d'un hippopotame handicapé. Yann se surprit à sourire, puis à rire de concert avec Ignace, le chant pathétique de l'assemblée étouffant leur petit chahut.

Non, non, non pas les oiseaux !
Laissez-les, laissez-les chanter !
Bouquets de fleurs qui volent au ciel bleu
De quel droit les couper, ces fleurs de plumes douces ?*

Le sermon touchait à sa fin et l'officier du culte appelait maintenant les fidèles à faire un don « pour les plus démunis d'entre nous » au son grésillant *des*

---

* Alain Souchon dans le texte.

enfants de par là[*] braillé par les haut-parleurs accrochés au mur derrière lui.

— Préparez vos cartes de crédit, nous allons passer dans les rangs avec un lecteur de cartes à puce. Merci pour nos pauvres. Merci pour eux.

— C'est là que je m'éclipse jusqu'à l'heure du buffet, fit Ignace en posant la main sur l'avant bras de Yann. Si je ne vous revois pas... ravi de vous avoir connu.

— De même, répondit Yann.

Après un bref silence il ajouta d'une voix reconnaissante…

— Merci.

Ignace était déjà au bout de la rangée, Yann observa ce qui se passait devant lui. Les gens tendaient docilement leur carte de crédit à tour de rôle à l'une ou l'autre des deux préposées qui progressaient lentement le long de la travée centrale armées de leur lecteur, tout cela sous les encouragements de l'officier Autiste.

— Merci pour nos pauvres… L'Autorité vous le rendra… Merci pour eux…

---

[*] Chanson militante de Noël Mamère, écolo, poète, et nageur dans l'âme.

Yann se rappela que dans son enfance, son vieil oncle avait toujours quelques vieux jetons de caddie en prévision de telles circonstances, quand un mariage ou un baptême l'obligeait à assister à une messe catholique. Malheureusement pour Yann la monnaie physique avait été abolie quelques années auparavant au nom de la lutte contre la fraude aux cotisations sociales, il n'y avait pas d'échappatoire pour lui. Il sortit sa carte à contrecoeur et se mit à en triturer la puce fébrilement de ses mains de plus en plus moites de nervosité en regardant les préposées avancer vers lui.

En son for intérieur il ne cessait de se répéter *pourvu qu'elle ne marche pas, pourvu que le lecteur tombe en panne, pourvu que...* Il en aurait presque adressé une prière, pas à l'Autorité comme le prônait l'Autisme, mais à quelque chose de plus grand, d'impalpable, qu'il n'arrivait pas à définir mais qui, lui sembla-t-il à cet instant, lui manquait cruellement. Le lecteur arriva à sa hauteur et Yann tendit docilement sa carte à puce en plastique recyclé à la jeune femme ; celle-ci la plaça dans le lecteur d'un air bovin et attendit le petit *bip !* lui annonçant que la transaction avait été effectuée ; il ne vint pas et elle leva les yeux pour la première fois depuis le début de la quête, vers Yann qui commençait à se sentir un peu insoumis.

— Ça passe pas, fit-elle d'un air bovin.

— Oh, vous m'en voyez désolé ! Peut-être

pouvez-vous réessayer ?

Il se mordit les lèvres au moment où la phrase sortait de sa bouche. *Pourquoi j'ai dit ça, je suis con ou quoi ?* La préposée aux dons retira la carte du lecteur et l'y réinséra sans plus de résultat au grand soulagement de Yann. Elle le regarda à nouveau, accablée, comme si elle portait le poids du monde sur ses épaules.

— Bin qu'est-ce qu'on va faire ? 'Faut faire un don, sinon c'est pas bien...

Yann, qui se disait que la chance ne lui sourirait pas deux fois, prit les devants.

— Vous savez quoi ? dit-il d'un ton paternel en se penchant vers elle. Je ferai un don à l'église Autiste dès que j'aurai fait changer ma carte à la banque, et puis je rajouterai un petit supplément pour ses bonnes oeuvres en faveur des femmes.

Il ponctua son propos d'un petit clin d'oeil et le visage ultra-maquillé de la jeune femme s'illumina d'un sourire.

— Oh, merci, vous êtes très généreux.

— Mais c'est tout naturel, mentit-il encore avec une facilité qui l'épata...

La préposée lui tourna le dos et retourna auprès

de sa consœur qui terminait de recueillir les dons de l'autre côté de la grande salle. Tandis que l'assistance commençait à se lever, Yann se dirigea vers Lilou pour lui présenter ses condoléances.

Elle paraissait sereine, entourée de sa famille et de ses amis. Yann s'étonna de ne pas voir Eloïc.

— Oh, tu sais, il ne se souvient plus vraiment de son père, alors c'était inutile de lui infliger cette longue cérémonie. Je l'ai laissé aux Jeunesses Citoyennes, là-bas il s'amuse bien.

Yann n'en croyait pas ses oreilles, la cérémonie avait duré vingt minutes tout au plus, mais il ne fit aucune remarque à Lilou qui continuait à lui parler en souriant :

— Tu restes pour le buffet ? J'ai vu que la mairie a préparé de délicieux petits canapés végétariens… et il y a des cocktails sans alcool.

— Non, tu sais, les enterrements me fichent le cafard, lui répondit-il. Ils ont annoncé le numéro de sa tombe aux locaux de stockage du funérarium, j'irai déposer une fleur là-bas quand j'aurai moins de peine. Je n'ai pas encore fait mon deuil, je n'arrive pas à croire qu'il soit mort.

Elle le regarda sans comprendre, un sourire impeccable plaqué sur le visage.

— Comme tu veux. Alors, à un de ces jours…

Elle avait prononcé ces derniers mots sur un ton insouciant, comme elle l'aurait fait en n'importe quelle circonstance. Savait-elle qu'elle le voyait pour la dernière fois ? On s'éloigne toujours des amis de son époux quand on devient veuve, surtout quand on n'a rien en commun. Dans quelques mois, après quelques séances de shopping et des diaporamas de chatons sur le réseau, elle l'aurait oublié. Elle avait déjà commencé, d'ailleurs. Depuis qu'elle avait appris pour la « maladie » de Rémi, c'était lui qui venait au nouvelles et pas l'inverse.

Alors qu'il quittait la grande salle de la mairie, Yann se retourna pour regarder une dernière fois, à travers la foule qui s'empiffrait bruyamment de petits fours végétariens, la femme de son ami décédé.

Lilou était belle, de loin.

Le mieux placé pour savoir ce qui est bon pour lui, pour faire des choix concernant sa vie et son avenir, c'est l'individu, pas une autorité centralisée.

Carnet de Rémi

16.

S'opposer ou s'écraser... Ignace avait posé le dilemme en ces termes, et c'était bien l'une ou l'autre de ces deux options que chacun avait choisie.

Ignace s'était opposé frontalement à l'Autorité avant d'en essuyer les conséquences dramatiques.

Rémi aussi avait choisi de s'opposer de manière plus indirecte, en écrivant un pamphlet : il avait été démasqué, arrêté, interné. Et maintenant il était mort.

Les membres de Libris avaient pris le parti de la synthèse : un mélange subtil d'opposition de posture et de veulerie. Ils étaient des rouages du système qu'ils dénonçaient et s'en accommodaient sans trop d'état d'âme, et avec un peu d'alcool.

Lilou avait cédé au conformisme. Son égoïsme, sa peur de la solitude, sa vanité avaient eu raison de sa résistance. Elle n'avait pas conscience de sa défaite, la voyant comme une victoire ; tout ce qui comptait pour elle était de ne plus être seule, et elle y était parvenue.

Yann, lui, s'était écrasé. Certes il avait encore un travail et un toit au-dessus de la tête, mais il avait perdu son meilleur ami et l'estime de lui-même. Il s'était tu non par conviction mais par paresse, et l'Autorité n'avait même pas eu à lever un sourcil pour le réduire au silence : d'une certaine manière, c'était une preuve éclatante de sa lâcheté, et ça le mettait en rage. Il avait envie de bousculer les choses mais était suffisamment réaliste pour savoir qu'il n'en avait pas l'étoffe. S'écraser ne lui convenait pas, et s'opposer signerait sa perte. N'y avait-il pas d'autre alternative ?

Il raisonnait ainsi au volant de sa voiture, tellement absorbé par son dilemme philosophique qu'il en avait oublié de surveiller son compteur de vitesse. Il était malgré ça bien attentif à la route et vit clairement les forces de l'ordre lui faire signe de se ranger sur le bas-côté. Après avoir grommelé un juron, il obtempéra et baissa la fenêtre de sa voiture. L'agent qui l'aborda ne s'embarrassa pas de formule de politesse.

— Papiers du véhicule ! lança-t-il d'une voix sèche.

— Bonjour monsieur l'agent, répondit Yann très calmement en espérant que son attitude adoucirait le policier. Quel est le problème ?

— Carte d'identité ! aboya l'homme en uniforme.

— Pourquoi m'arrêtez-vous ? demanda Yann en lui tendant les documents demandés.

— Vous rouliez à combien ?

Le ton employé trahissait la question piège. Yann, y répondit sans se départir de son calme apparent, mais la colère commençait à le gagner.

— Je devais faire du trente à l'heure, je suppose.

— Ah, vous supposez... ! souffla l'agent, plein de mépris.

Il se pencha vers Yann et, d'un ton hautain, rugit :

— Vous rouliez à trente-cinq... c'est limité à trente, ici ! Les limitations de vitesse, c'est pas fait pour les chiens !

L'agent plissa les yeux pour l'inspecter d'avantage.

— Mais... ma parole, t'es ivre ! s'indigna-t-il.

— Pas du tout. Je ne bois jamais.

— Ne te fiche pas de moi ! Tes yeux sont rouges et bouffis, tu es négligé, ton teint est pâle... tu as toutes les caractéristiques d'un buveur patenté.

— Je t'assure que je n'ai pas bu, répondit Yann en

adoptant le tutoiement en réaction à celui de l'agent. Je reviens d'un enterrement…

— Tu ne me tutoies pas ! On n'a pas gardé les cochons ensemble, coupa l'agent d'une voix cassante qui n'admettait pas de réponse. Un peu de respect, sinon je te colle un outrage à agent !

Il appela son collègue, occupé un peu plus loin.

— Ethan ! Par ici… j'ai besoin de renfort…

Le collègue fit signe à la voiture qu'il contrôlait de circuler et approcha.

— Que se passe-t-il ?

— Il a bu… il est ivre, dit l'agent en désignant Yann.

Sans le saluer, Ethan pencha son nez vers Yann, lui huma longuement l'haleine et certifia :

— Je sens l'alcool… aucun doute possible !

— Laissez-moi deviner… pastis ? fit Yann sur un ton ironique qu'Ethan ne perçut pas.

— C'est bien ça… Tu avoues donc !

— Non, l'odeur vient de vous…

— Quoi ? Tu m'accuses ? Comment oses-tu ?

aboya Ethan. Il y aura des conséquences… Je te colle un outrage à agent !

— Ecoutez, c'est absurde, plaida Yann pour tenter de calmer le jeu, mesurez mon taux avec votre appareil, et vous verrez que je n'ai rien…

— Mon collègue l'a oublié au poste, le coupa l'agent, toujours aussi cassant. Passe-nous un des tiens.

— Un des miens ?

— Oui, un des tiens…

— Je n'en ai pas.

— C'est un manquement à la loi ! lança Ethan, dont le ton froid masquait mal la satisfaction de prendre Yann en faute.

Il avait déjà dégainé son télénum et y renseignait la plaque minéralogique de la voiture, ravi de verbaliser le propriétaire d'un bolide qu'il ne pourrait jamais se payer.

— C'est ridicule, je vous dis que je ne bois jamais, se défendit Yann. Pourquoi aurais-je besoin de mesurer mon taux d'alcoolémie si je ne bois pas ?

— La loi, c'est la loi. On ne discute pas avec la loi, répliqua l'agent.

— Tout ceci est grotesque ! s'indigna Yann. Il n'est pas question que je paie pour l'haleine de votre collègue.

Ethan, sentant qu'il parlait de lui, leva la tête de son télénum et lui lança un regard menaçant. Yann tenta de calmer la situation.

— Bon, donnez-moi la contravention pour excès de vitesse.

— Ne me dis pas ce que j'ai à faire, siffla l'agent.

Il lui tendit deux contraventions – une pour excès de vitesse et une pour outrage à agent – en même temps qu'il lui rendait ses papiers.

— Merci bien et au revoir messieurs, dit Yann le plus posément qu'il put.

Il joignit le geste à la parole et redémarra, mais l'agent des forces de l'ordre lui hurla de s'arrêter, donnant du corps à ses menaces en défaisant la sécurité de l'étui de son arme de service et en en saisissant la crosse, prêt à dégainer.

— Tu te crois où, là ? aboya-t-il. On n'en a pas fini avec toi ! Tu es en état d'ébriété et tu n'as pas d'ethylotest dans ton véhicule. Je suis dans l'obligation de le confisquer.

Yann ne cachait pas son indignation, malgré la

menace de l'arme :

— Pardon ? Mais c'est faux, je suis parfaitement sobre !

— Je suis assermenté, moi, fit l'agent d'un air suffisant, et si je dis que tu es saoul, tu l'es. Il n'y a pas à discuter.

Il ouvrit la portière côté conducteur d'une main tandis que l'autre était toujours crispée sur la crosse de son arme.

— Sors de là ! lui intima-t-il.

— Dehors ! Plus vite que ça ! grogna Ethan, qui avait rengainé son télénum à contraventions et tâtait sa ceinture à la recherche de son arme.

Yann était furieux mais pas prêt à mourir pour une voiture, il sortit du véhicule et referma la porte. L'agent lui tendit un reçu.

— Tu iras la rechercher à la fourrière du département à partir du trente mars prochain. L'adresse est indiquée dessus.

— Mais… c'est dans trois mois !

— C'est la loi ! On ne discute pas ! J'ai assez perdu de temps comme ça, maintenant donne-moi la clé et dégage !

Il tendit sa main libre et Yann y déposa la clé, pressé de partir avant que son collègue n'arrive à sortir son arme ; Ethan était en train de tenter d'ouvrir le bouton pression de la housse de son pistolet d'une main secouée de petits tremblements. Yann avait déjà parcouru une dizaine de mètres quand il l'entendit crier une dernière fois :

— C'est la loi ! On ne transige pas avec la loi !

Aux fenêtres des habitations alentours, certains rideaux s'entrouvrirent l'espace de quelques secondes, puis la vie reprit son cours. Yann se dirigea à pas rapides vers la gare, en espérant que les deux agents n'auraient pas l'idée de tester tout de suite la clé. C'était un petit jouet en plastique très ressemblant qu'il avait gardé pour Eloïc.

S'opposer, s'écraser... il y avait peut-être une troisième voie à explorer, en tout cas cette petite rébellion adoucissait un peu la perte de sa voiture.

Il marcha sans encombre jusqu'à la gare la plus proche et fit la queue au seul guichet ouvert. La file d'attente était interminable, les gens devant lui semblaient aussi perdus que de jeunes enfants et demandaient au guichetier de leur régurgiter les informations lisibles sur les grandes affiches placardées à deux mètres d'eux, ergotant et hésitant inlassablement jusqu'à ce que, finalement, ce dernier décide pour eux quels trajets emprunter et leur mâche leurs commandes. Yann aurait trouvé la situation comique s'il n'avait pas craint de manquer son train.

Une fois sur le quai il remarqua un attroupement et, en s'approchant, vit des agents des forces antiterroristes, armés jusqu'aux dents, pointer leur arme sur une petite sacoche. Le haut parleur de la gare annonçait : « tout colis abandonné sera détruit et le propriétaire s'expose à des poursuites pénales, luttons pour nos libertés et n'oublions jamais… »

— Oublier quoi ? se demanda Yann à voix haute, qui n'était déjà plus en symbiose avec le téléposte.

Plusieurs réponses fusèrent autour de lui.

— Que les terroristes menacent le vivre ensemble, s'exclama un trentenaire empâté qui regardait Yann en fronçant les sourcils.

— Liberté… psalmodia une grosse femme, les yeux levés vers le ciel

— Qu'y faut s'serrer les coudes et qu'on la bradera pas, éructa un jeune punk en réponse à la femme.

— Les heures les plus sombres de notre histoire, bêla un vieux monsieur soigné, la main sur le coeur.

— De nourrir le chat, annonça d'un air entendu la vieille femme sénile qui l'accompagnait.

Puis, émanant de toutes les bouches alentour, cette même phrase psalmodiée tout bas, comme un mantra :

— Plus jamais ça... plus jamais ça...

Deux agents des forces antiterroristes vêtus de protections anti-explosions coururent vers la petite sacoche en traînant une grosse cloche en métal qu'ils posèrent dessus. Il y eu un décompte, puis un bruit d'explosion étouffé.

— Mission accomplie, dit un des agents à son talkie-walkie quand la cloche fut retirée.

— Bien commandant... gzzzillz... Retournez à la base... gzzzillz...

Il fit signe à ses hommes de se replier sous les bravos de l'attroupement ; le vieil homme visiblement soulagé lui donna une tape de remerciements sur l'épaule au moment où il passait devant lui.

— Tous ces attentats déjoués, toutes ces années de sécurité... vous en êtes les garants... remercia le trentenaire à l'endroit des forces antiterroristes, enthousiaste. Puis il clama à la cantonade : voilà la preuve qu'on a bien fait de renoncer à certaines dispositions des droits de l'homme ! Nous sommes libres parce que nous sommes en vie !

La grosse femme, en larmes, bondit sur le commandant et l'embrassa sur la joue.

Finalement, la foule finit par se dissiper. Certains montèrent dans un train en partance pendant que les autres attendaient leur correspondance. Une silhouette qui semblait chercher quelque chose s'arrêta, contrariée, devant le trou jonché des quelques rares lambeaux de cuir que l'explosion avait laissés. Yann songea à son téléposte et se dit que ce n'était certainement pas la dernière fois qu'il prenait le train. Il esquissa un sourire.

S'opposer à l'Autorité était inutile et dangereux ; s'engager en politique pour faire bouger les choses était illusoire et se renier pour marcher avec le troupeau, inconcevable : c'était s'écraser, et c'était débilitant. Yann avait besoin d'avoir prise sur sa propre existence, et trouver une alternative devenait vital. Son retour au travail lui rappela combien il se sentait seul. Rémi lui manquait d'autant plus qu'il avait l'impression d'être passé à côté de son meilleur ami, de n'avoir jamais vraiment pu le connaître, si ce n'est par son petit carnet. Il aurait tellement aimé avoir eu l'occasion de lui dire qu'il avait trouvé ses écrits, qu'il était parfaitement sain d'esprit et que c'étaient au contraire les autres – cheptel aveugle guidé par le conformisme et la peur – qui étaient absurdes et irraisonnés. Il aurait voulu avoir senti le danger et l'avoir extirpé des griffes de l'hôpital psychiatrique au lieu de s'isoler chez lui égoïstement. Son sentiment de culpabilité le rongeait, et la mélancolie le gagnait chaque jour davantage.

Sa sœur aussi lui manquait. Elle refusait tout contact avec lui depuis qu'il avait affiché sa perplexité devant un dessin de son fils qu'elle avait partagé sur les réseaux sociaux : une allégorie de Mère Nature pleurant des larmes de sang et un homme rampant à ses pieds, implorant son pardon. Elle l'avait qualifié de « négationniste sans coeur » et lui avait précisé que s'il n'avait pas été son frère elle l'aurait dénoncé à l'Autorité, avant de le bloquer.

Fréquenter Libris ne suffisait pas à alléger sa solitude morale ; il n'était pas à l'aise avec ses membres, cyniques profiteurs pour la plupart, même s'il en appréciait certains conseils et la compagnie intellectuelle.

— Salut Yann ! La forme ?

La voix enjouée le tira de ses sinistres pensées. Alex était souriant et malicieux, comme à son habitude.

— Bof, je suppose que ça ira mieux demain, répondit Yann en tentant un sourire poli.

Alex le regarda sans rien dire et s'assit devant lui, en attente de précisions. Yann préféra passer sous silence la mort de Rémi mais profita de l'oreille offerte pour s'épancher sur sa dernière mésaventure.

— Les flics m'ont confisqué ma voiture.

— Tu as fait le cowboy sur les routes ?

— Si seulement, soupira Yann. Non, les cowboys, c'était plutôt eux. J'ai vraiment cru qu'ils allaient me tirer dessus.

— Je vois le genre. 'Faut les comprendre, aussi, faire autant d'études pour en arriver là, ça doit bien les frustrer. Du coup, il ne faut pas trop les chercher, ils ont souvent du mal à se maîtriser.

— Alors je vais éviter de les recroiser… je ne leur ai pas filé la bonne clé.

— Haha, gonflé ! fit Alex d'un air admiratif qui donna un peu de baume au coeur à Yann. Ecoute, je n'ai pas un super carrosse comme le tien, mais si ça t'arrange je peux te raccompagner après le boulot.

Yann accepta, ému par cette gentillesse volontaire que personne ne pratiquait plus.

Son collègue ne mentait pas : sa voiture faisait peine à voir. La peinture de la carrosserie donnait l'impression d'avoir gondolé au soleil, un enjoliveur manquait à l'appel et tout le flanc droit était rayé en plusieurs endroits. Yann hésita avant de monter à bord, et découvrit un intérieur de standing qui tranchait avec sa première impression ; l'habitacle était confortable, et aménagé pour prendre en compte le handicap de son conducteur.

— Les flics n'arrêtent pas les pots de yaourt, expliqua un Alex manifestement ravi de l'air surpris de Yann. Ils sont là pour faire rentrer les mondos, pas pour la sécurité…

— Alors tu as…

— … abîmé l'extérieur de ma voiture exprès, oui… compléta-t-il. Disons que je me suis adapté à mon environnement.

Il sourit et démarra. Yann considéra l'astuce avec intérêt ; en apparence la voiture d'Alex ne valait rien mais de l'intérieur elle était aussi sophistiquée que la sienne. Son collègue l'étonnait, et il chercha à en savoir d'avantage. Alex lui expliqua son parcours et ses idées, visiblement heureux de parler à quelqu'un.

— Je voulais être podologue… j'avais fait de brillantes études, j'aurais pu être un bon, vraiment. Et puis, d'un jour à l'autre, la profession a été classée à risques. Et comme il est écrit dans la loi qu'il ne faut pas faire exercer de profession à risques aux pauvres petits handicapés..., précisa-t-il d'un ton railleur qui trahissait son amertume en agitant son bras atrophié. Ce jour-là j'ai vu que l'Autorité, les associations, les flics… ne sont pas au service de la population ; ce jour-là j'ai compris que c'est tout l'inverse.

— J'ai fini par le comprendre il y a quelques mois.

— J'ai remarqué, oui.

— Mais, comment t'as eu l'idée pour ta voiture ?

— Un jour j'en ai eu marre de subir les contrôles et j'ai voulu comprendre. Je me suis installé à côté d'un barrage des forces de l'ordre, j'ai observé et j'ai tiré mes conclusions.

— Et là t'es tranquille ?

— En deux ans ils ne m'ont pas arrêté une seule fois, dit-il d'une voix assurée. Et tu sais quoi ? Abîmer ma carrosserie a été un moment de pur bonheur !

Yann pensait à sa voiture encore neuve, au plaisir qu'il ressentait en regardant sa carrosserie brillante, impeccable ; il ne comprenait pas. Alex poursuivit avec fébrilité.

— Je ne détruisais pas ma carrosserie ce jour-là : je reprenais ma liberté de circuler sans être contrôlé comme un sale gosse !

Ils longèrent un barrage des forces de l'ordre. Les deux agents regardèrent à peine la fausse poubelle d'Alex qui, dans l'habitacle tout confort, continuait à parler, imperturbable. En l'écoutant, Yann éprouvait une sensation de soulagement et il sentit le poids qu'il portait sur ses épaules depuis quelques mois s'alléger. Dans une rue déserte et sans intersection ponctuée par un feu rouge inutile, Alex continua à rouler sans l'ombre d'une hésitation coupable, et les deux hommes se regardèrent avec un air complice. *Je ne suis plus seul*, pensa Yann en souriant.

Postface

Petit à petit, nous avons abandonné nos libertés et nos responsabilités à l'Autorité, trop heureux de bénéficier de la sécurité – autant physique qu'affective – qu'elle nous offrait en échange. Au nom de cette sécurité nous avons accepté le consensus et le conformisme, et nous voilà pourtant confrontés à une double agression :

- La destruction sournoise de notre propre opinion et donc de notre identité, que nous devons taire.

- L'impossibilité d'être confronté à des idées différentes et d'exercer notre esprit critique.

Le socialement correct tue l'esprit humain dont la dissonance est le mode de fonctionnement naturel.

Nous n'avons pas de devoir envers l'Autorité, nous en avons seulement envers nous-même. La question n'est pas de savoir ce que l'Autorité peut faire pour nous, et elle est encore moins de se demander ce qu'on peut faire pour elle.

Notre seul devoir, c'est de se défier de l'Autorité comme d'un cancer. Il faut chaque jour remettre en question sa légitimité, circonscrire son champ d'action au strict minimum, et ne jamais cesser de la contrôler.

Chers amis, reprenons notre liberté, reprenons notre responsabilité, avant d'avoir à jamais oublié le sens de ces mots.

Rémi, alias Miro Cerdan, sur Libris – 19 mars 2037